MAU WINTER

*Drei Windbriefe
an P.*

Mau Winter

Drei Windbriefe an P.

Wie schon in den vergangenen Jahren, lässt auch in diesem Jahr der Frühling wieder auf sich warten. Es ist bereits Anfang April und auch wenn man dem April eine gewisse Launenhaftigkeit zugesteht, vom Frühling ist bislang nichts zu spüren.

Heute nun endlich ein strahlend blauer Himmel. Der Rasen vor der Terrasse präsentiert sich als dicker Wollteppich, bereit für die erste Mahd. Die Vögel fliegen aufgeregt zwischen den Bäumen und Sträuchern hin und her. Es herrscht Brutstimmung. In der kühlen Jahreszeit, in der Lena und ihre Familie die Terrasse nicht benutzen, gehört sie allein den Vögeln. In dieser Zeit ist sie ihr Futterplatz. Nun im Frühling müssen sie sich ihren zusätzlichen Lebensraum wieder mit Lena und ihrer Familie teilen. Das war in den vergangenen Jahren so und wird auch in diesem Jahr wieder so sein.

Aufmerksam beobachtet Lena das emsige Treiben der Gefiederten und genießt dabei die wärmenden Sonnenstrahlen des nun endlich beginnenden Frühlings. Langsam gleitet ihr Blick über die aus der Winterruhe erwachten Pflanzen. Zufrieden stellt sie fest, dass ein großer Teil von ihnen den Winter unbeschadet überstanden hat. Etwas Sorgen bereitet ihr der große Pflanzkübel mit der Hortensie. Bei ihr hat der Winter einige sichtbare Spuren hinterlassen. Liebevoll streicht sie über die ersten zarten Blätter, die sich an den langen kahlen Zweigen zeigen und erinnert sich an die Blütenpracht im vergangenen Jahr. Blau hatte sie geblüht und war von den Nachbarn stets bewundert worden. Dass die Forsythien verblüht sind und ihren Anteil am jährlich sich verändernden Bild der Natur bereits geleistet haben, bemerkt Lena kaum. Die wärmende Frühlingssonne weckt in ihr den Wunsch, auf der Terrasse zu frühstücken. Einen ausgiebigen Morgentee genießen, aus der Zeitung mehr oder minder wichtige Neuigkeiten erfahren, hat sich zur täglichen Routine entwickelt.

Seit ihrem 60. Geburtstag ist sie nicht mehr berufstätig und hat seitdem alle Voraussetzungen, den Tag ohne zeitlichen Druck zu beginnen. Beruflich kann Lena auf ein sehr erfolgreiches Leben zurückblicken. Sie hat während ihrer Berufstätigkeit alles erreicht, was sie erreichen wollte. Auch sonst war und ist ihr Leben überaus abwechslungsreich; mit vielen Höhen und wenig Tiefen. Sie hat Robert geheiratet und mit ihm zusammen zwei Töchter, Marie und Lilly. Bei der Erziehung ihrer Töchter gab es außer den zeitlich stark eingegrenzten pubertären Problemen keine größeren Abweichungen von einer normalen Teenie-Entwicklung. Marie, ihre älteste Tochter, hat die 40 schon fast erreicht. Lilly folgt ihr im Zweijahresabstand. Beide haben eine eigene Familie. Zu ihren Töchtern und deren Familien haben Lena und Robert einen engen Kontakt. Ihre Enkel, Klara und Tim, sind für beide noch einmal eine Herausforderung.

Eigentlich könnte Lena zufrieden sein, aber sie ist es nicht. Was ist der Grund dafür? Lange braucht sie darüber nicht nachzudenken. Es ist die fehlende leidenschaftliche Liebe zu Robert. Die Liebe, die sie ihr Leben lang vermisst hat. So eine Liebe, wie sie sie einst vor vielen Jahren mit Paul erlebt hat. Lenas Ehe mit Robert ist leider nicht so erfolgreich verlaufen wie ihr sonstiges Leben. Wenn sie den Verlauf ihrer Ehe beschreiben sollte, dann würde sie es wie folgt tun. Aus anfänglich großer Verliebtheit, späterer Verklärtheit, ist ihre Ehe zu einer funktionierenden Wohngemeinschaft geworden.

Auch Robert ist schon einige Jahre im Ruhestand. Nun, wo beide keiner Berufstätigkeit mehr nachgehen, die Kinder ihr eigenes Leben führen und die Enkel nur ab und zu ihre Hilfe benötigen, müssen sie ihren Alltag neu gestalten. Sie haben wieder genügend Zeit für sich, Zeit füreinander. Das Zusammenleben neu gestalten, es verändern, ist die Aufgabe, der sie sich stellen müssen. Aber wie wollen sie das schaffen? Lena hat das Gefühl, dass sich ihre Gemeinsamkeiten gegen Null bewegen. Nein, sie hat nicht nur das Gefühl, es ist so. Robert und sie führen ein Leben nebeneinander her.

In letzter Zeit passiert es immer öfter, dass Lenas Gedanken in die Vergangenheit zurückwandern. Nicht, dass sie dies nicht schon früher getan hätte, aber seit einiger Zeit geschieht das fast täglich. Ihre Gedanken kreisen immer und immer wieder um ihre erste große Liebe, ihre Liebe mit Paul. Die Zeit mit Paul hat sie in ihrem ganzen Leben nicht vergessen können. Und die Erinnerungen an diese Zeit werden mit zunehmendem Alter immer klarer, immer lebendiger und immer intensiver. Das Verlangen, noch einmal in den Armen von Paul zu liegen und noch einmal dieses nie wieder erlebte Gefühl des Glücks zu spüren, wird in ihr immer stärker. Wie ein Mosaik fügen sich Gedanken und Gefühle aus dieser gemeinsamen Zeit mit Paul zusammen. Wie ist das möglich, dass trotz ihres ereignisreichen Lebens diese Erinnerungen mehr als vier Jahrzehnte in ihr wachgeblieben sind? Lena will, sie muss es herausfinden. Noch genau kann sie sich an einzelne Momente und Erlebnisse in dieser Zeit erinnern, so als wäre alles eben erst geschehen. Sie spürt wie die Gefühle und Sehnsüchte aus dieser Zeit immer wieder zu ihr zurückkehren. Und immer seltener gelingt es ihr, diese Gedanken zu verdrängen. Lena will sie auch nicht mehr verdrängen.

Gestern hat Robert die Terrassengarnitur aus dem Keller geholt und damit den Vögeln endgültig zu verstehen gegeben, dass die Terrasse wieder ihm und Lena gehört. Lena lässt sich in das weiche Polster des Terrassenstuhls fallen. Das schöne Wetter und die wärmende Frühlingssonne bestärken ihren Wunsch, auf der Terrasse zu frühstücken. Sie bittet Robert, den Tisch draußen zu decken. „Es ist noch zu kalt", versucht Robert zu widersprechen und stellt damit Lenas Wunsch in Frage. Sie ist jedoch nicht bereit, sich von ihrem Vorhaben abbringen zu lassen und empfiehlt Robert, sich eine warme Jacke überzuziehen. Sich selbst streift sie den dicken Wollpullover über. Dann greift sie zur Zeitung, um wie jeden Tag die neuesten Informationen für das morgendliche Gespräch am Frühstückstisch zu haben.

Plötzlich hält sie beim Lesen der Zeitung inne. Warum driften seit einiger Zeit ihre und Roberts Ansichten zu vielen, ja fast allen Fragen des täglichen Lebens immer weiter auseinander? Warum entgleitet ihnen die sachliche Diskussion immer mehr? Und wie soll es mit ihr und Robert weitergehen? Diese Gedanken beschäftigen Lena immer häufiger.

Robert ist wie immer beeindruckt mit welcher Geschwindigkeit Lena die Zeitung liest. Aus dieser Bewunderung heraus hat sich bei ihm eine gewisse Bequemlichkeit eingestellt, nicht nur beim Lesen der Zeitung. So ist es bequemer für ihn. Bequemlichkeit ist auch ein Punkt in ihrer Beziehung, der immer wieder zu Unstimmigkeiten, ja in letzter Zeit auch öfter zu Streit führt. Lena hat an diesem schönen Frühlingstag keine Lust, mit Robert über seine Bequemlichkeit zu streiten. Sie nimmt die Zeitung wieder zur Hand und beginnt zu lesen. Konzentrieren kann sie sich nicht. Dass die Buchstaben kreuz und quer über das Papier hüpfen, ist nicht auf ihre Sehschwäche zurückzuführen. Die Lesebrille, ein für sie seit Jahren unverzichtbares Hilfsmittel, hat bereits Platz auf ihrer Nase gefunden. Es muss etwas anderes sein, was sie ablenkt. Sie spürt es.

Lena legt die Zeitung auf den Tisch zurück, lehnt sich im Sessel zurück und schließt ihre Augen und sieht wie sich ihr ein Mann nähert. Er ist groß und von schlankem Wuchs. Wie er näher kommt, erkennt sie ihn. Es ist Paul, der Mann, der vor über vierzig Jahren ihre erste große Liebe war. Mit dem sie zusammen eine schöne Zeit erlebt hat. Eine Zeit, die sie nie vergessen hat. Als er näher kommt, kann sie sein

Gesicht erkennen; die kleinen Lachfältchen, die Brille, die seine Augen größer erscheinen lassen und den Mund mit den vollen Lippen, die so oft ihren Mund zärtlich berührten. Ja, es ist Paul. Er hat sich kaum verändert. Sein Lächeln, sein noch immer jungenhaftes Aussehen sind unverwechselbar. Seine Hände strecken sich Lena entgegen, als wollten sie sie jeden Augenblick berühren. Als er so nahe ist, dass er sie in seine Arme nehmen kann, wird sie jäh aus ihrem Tagtraum gerissen. Robert ist auf die Terrasse zurückgekehrt und fragt, welche Sorte Tee sie heute zum Frühstück trinken wollen. Lena muss einen Moment überlegen, in welcher Zeit und wo sie sich befindet. Dass sie so jäh aus ihrem Traum gerissen wird, das hat sie nicht verdient. Brummig, fast ärgerlich gibt sie Robert zu verstehen, dass es ihr egal ist, welchen Tee sie trinken. Robert ist erschrocken über die schroffe Art, mit der Lena seine Frage beantwortet. Er dreht sich um und geht ohne ein weiteres Wort in die Wohnung zurück. Lena hängt traurig dem soeben Erlebten nach. Ihr Wunsch, dieser schöne Traum möge zurückkommen, erfüllt sich nicht. Die Wiese vor der Terrasse ist und bleibt menschenleer.

Da sind sie wieder, die Fragen, die sie sich ihr Leben lang gestellt hat und die sie ihr Leben lang begleitet haben. Warum ist diese junge Liebe nicht in einem Lebensglück geendet? Warum haben Paul und sie es nicht geschafft, ihre Liebe für ein langes gemeinsames Leben stark zu machen? Diese Fragen lassen Lena nicht mehr los. Sie beginnt, ihre Gedanken zu ordnen, zu sortieren. Und da sich ihr Leben beginnt zu vollenden, hat Lena nur noch einen Wunsch, dieses Glück noch einmal, wenn auch nur in ihrer Vorstellung zu erleben.

Robert ist inzwischen mit dem Morgentee auf die Terrasse zurückgekehrt. Lenas nicht sehr freundliche Art auf seine Frage nach der Tee Sorte zu antworten, bestimmt nun auch das weniger freundlich verlaufende Gespräch am Frühstückstisch. Es wird sich auswirken auf die Stimmung des ganzen Tages. An freundliche Worte oder eine gelöste Stimmung, mit der sie versuchen, ihre gescheiterte Beziehung für sich erträglich zu gestalten, ist heute nicht zu denken. Roberts zerstörerische Frage nach der Teesorte entscheidet über die Stimmung für den ganzen Tag. Er hat alle Chancen auf ein friedliches Miteinander verspielt. Der nun wenig harmonische Tagesbeginn steht im Widerspruch zu Lenas Bedürfnis nach einem friedlichen Zusammenleben, nach Harmonie.

Lena ist Anfang 60. Das Alter ist ihrem Aussehen um einige Jahre voraus. Sie ist eine Frau, die die Geborgenheit liebt, die starke Gefühle hat und diese auch ausleben möchte. Sie kann sich mit anderen Menschen freuen, kann mitfühlend sein und sie kann auch sehr emotional reagieren. Nur Robert gegenüber ist sie oft ungehalten. Ein Grund dafür mag sein, dass Lena in ihrem Leben immer wieder die Schulter zum Anlehnen gesucht hat. Die hat sie bei Robert nie wirklich gefunden. Stets musste sie mit ihren Gefühlen allein fertig werden und das hat sich bis heute nicht geändert. Das alles ist zweifellos ein Grund dafür, dass sie um ihre Gefühle einen unsichtbaren Mantel gelegt hat. Kaum Jemandem offenbart sie sich. Selbst ihren Töchtern, die sie über alles liebt und die der eigentliche Sinn ihres Lebens sind, verschließt sie sich. Für Marie und Lilly ist sie eine optimistische, lebenslustige und fröhliche Frau, die mit allen Situationen, die das Leben bereit hält, gut umgehen kann, für die es kein „es geht nicht" gibt und die für jedes Problem eine akzeptable Lösung findet. Ihre Wünsche nach Liebe, Zärtlichkeit und Geborgenheit behält sie für sich.

Nach der morgendlichen Auseinandersetzung pflegt Robert seinen Ruhestand mit einer eigenen Zeitungsschau. Heute liest er die Zeitung selbst. Lena plant den weiteren Tag auf ihre Weise, ohne Robert. Für ihn ist heute kein Platz.

Lena hat, obwohl sie nicht mehr berufstätig ist und sich keinem Zeitdruck unterwerfen muss, dennoch ihrem Tagesablauf einen zeitlichen Rahmen gegeben. Neben der Hausarbeit, die sie mit entsprechender Ruhe erledigt, ist sie immer noch an Neuem aus ihrem ehemaligen Fachgebiet interessiert. Auch für politische Entwicklungen und Situationen zeigt sie Interesse. Aber vielleicht ist das alles auch nur ein Ersatz für die fehlende Liebe, die sie so vermisst. Immer öfter denkt sie über ihr Leben nach, über das Leben mit Robert. Vielleicht könnte sie Robert dazu bringen, dass sie sich wieder lieben. Augenblicklich verwirft sie diesen Gedanken. Sie will, sie kann nicht. Für Lena ist körperliche Liebe ohne starke Gefühle, ohne Zärtlichkeit nicht denkbar. Sie kann sich nur dem Mann hingeben, der ihrer Liebe wert ist. Und sie weiß, dass das Erlebte mit Paul nur schwer wiederholbar ist. Denn sie hat und wird Robert immer daran messen und da ist er chancenlos.

Lena sitzt an ihrem Schreibtisch, blättert in Zeitschriften, ohne etwas Bestimmtes zu suchen. Es fällt ihr schwer, sich zu konzentrieren. Immer wieder gehen ihre Gedanken zurück zu Paul. Sie versucht, Paul aus ihren Gedanken zu verdrängen. Es geling ihr nicht. Was wird in der nächsten Zeit auf sie zukommen? Wie wird das Zusammenleben mit Robert sein? Diese Gedanken zwängen sich in die Erinnerungen an Paul.

In wenigen Wochen wird Lena für einige Tage nach Bornholm fahren. Sie wird die Zeit auf Bornholm ohne Robert verbringen. Er wird zu Hause bleiben. Ihm fällt es nicht schwer, denn er hasst es, an ehemalige Urlaubsorte zurückzukehren. Auch Lena wird ihn nicht vermissen. Ihre Beziehung ist an dem Punkt angekommen, wo es ihr gleichgültig ist, ob Robert sie begleitet oder nicht.

Die Zeit bis zum Urlaubsbeginn verläuft schleppend und eintönig. Einzig die Seidenmalerei, eines ihrer Hobbys, bringt etwas Abwechslung in die sich täglich wiederholenden Hausarbeiten. Lena neigt, wie bei vielen anderen Dingen, auch dabei fast zur Perfektion. Es gibt nichts, was Robert zu bemängeln hätte. Das ist vermutlich auch ein Grund, dass seine Bequemlichkeit immer größer wird und für Lena immer unerträglicher.

Endlich ist es soweit. In ein paar Tagen wird Lena für eine Woche nach Bornholm fahren. Die kleine dänische Insel in der Ostsee hat ihre Sympathie schon viele Jahre. Es werden Urlaubstage ohne Familie sein. Bereits im Dezember des vergangenen Jahres hat sie eine Ferienwohnung für Anfang Juni gebucht. Sie hat sich wieder für die kleine gemütlich eingerichtete Wohnung auf einem Bauernhof inmitten der Insel entschieden. Es wird ihr sechster oder siebenter Besuch an diesem Ort sein. Mit Björn, Anetta und Kaily, der Familie, die den Bauernhof bewirtschaftet, versteht sie sich gut.

Man könnte es Freundschaft nennen, was sie verbindet. Lena hat sich in der einen Woche auf der Insel vorgenommen, zu laufen, zu wandern und mit dem Rad unterwegs zu sein. Sie möchte die freundlichen und doch ein wenig verschlossenen Inselbewohner noch näher kennenlernen. Vor allem möchte sie mit sich und ihren Gedanken und Gefühlen alleine sein.

Eine Woche allein auf der Insel, das ist die Gelegenheit, der Vergangenheit näher zu kommen. Sie hofft und wünscht sich, mit Paul in ihren Tagträumen ungestört zusammen sein zu können. Die letzten Tage vor der Abreise nutzt Lena, um längst fällige Aufgaben noch zu erledigen. Banküberweisungen müssen auf den Weg gebracht werden. Bei den Überweisungen verschreibt sie sich. Die Unaufmerksamkeiten häufen sich. Es fällt ihr schwer, sich zu konzentrieren. Sie ist unzufrieden mit dem, was sie tut. Schließlich beendet sie diese Arbeit, lehnt sich zurück, drückt den Rücken gegen die Stuhllehne und versucht sich zu entspannen. Sie nimmt eine Zeitschrift vom Stapel. Aber auch der Versuch, in einer Zeitschrift zu lesen, misslingt. Ihre Gedanken sind der Zeit weit voraus. Sie sind schon auf der Insel angekommen. Und so beschließt Lena, die zu erledigenden Arbeiten bis nach den Urlaub aufzuschieben und beginnt mit ihren Urlaubsvorbereitungen.

Je näher der Abreisetag kommt, umso intensiver kreisen ihre Gedanken um Paul. Wo und wie lebt er? Wie geht es ihm? Hat er Familie? Und wie hat er sein bisheriges Leben gelebt? Und vor allem, wird sie ihn jemals wiedersehen? Fragen über Fragen. Sie will, sie muss Antworten finden.

Die Sachen für die Reise zurechtzulegen, bereitet ihr wenig Mühe. Sie weiß, was man für eine Woche Urlaub auf der Insel benötigt. Nur, ob sie ihr eigenes Fahrrad mitnehmen oder sich ein Fahrrad auf der Insel ausleihen wird, das zu entscheiden, dauert etwas länger. Schließlich entschließt sie sich, das eigene Fahrrad mitzunehmen. Sie möchte auf der Insel unabhängig sein. Ohne Schwierigkeiten sind die Sachen in der Reisetasche verstaut. Das Werkzeug und die Ersatzteile für das Fahrrad finden in einer kleinen Ledertasche Platz. Als alles eingepackt ist, gleitet ihr Blick noch einmal über das Reisegepäck. Sie ist zufrieden und bereit für ihre Reise. Robert gibt sie noch ein paar Hinweise, worauf er in der nächsten Woche zu achten hat. Sein Mittagessen für die kommenden Tage hat Lena bereits vorbereitet. Den übrigen „Überlebensproviant" für ihn hat sie im Kühlschrank deponiert.

Die bevorstehende Abwesenheit Lenas scheint Robert nicht sonderlich zu berühren. Ohne großes Interesse, fast gleichgültig, hat er ihre Reisevorbereitungen beobachtet. Er macht einen annähernd teilnahmslosen, aber auch wieder zufriedenen Eindruck. Trotz aller Umsicht waren die Reisevorbereitungen in der letzten Woche dann doch hektisch verlaufen. Das Auto kam nicht rechtzeitig aus der Werkstatt, wo die vom TÜV festgestellten Mängel beseitigt werden mussten. Lena fährt mit ihrem Auto, einem kleinen Peugeot. Die hinteren Sitze sind heruntergeklappt und bieten ausreichend Raum für das Fahrrad. Auch für die übrigen Gepäckstücke ist genügend Platz vorhanden.

Gegen halb zwei Uhr nachts fährt Lena von zu Hause los. Eine Verabschiedung von Robert ist nicht möglich. Er ist zur üblichen Zeit zu Bett gegangen und hat Lena gebeten, ihn bei ihrer Abreise nicht zu wecken. Als Lena ins Auto einsteigt, versucht sie jegliche Eile von sich abzustreifen. Sie möchte ihren Urlaub in Ruhe beginnen. Nach drei Stunden ist sie im Fährhafen Mukran angekommen. Sie hat die erste Etappe ihrer Reise bewältigt.

Nur wenige Fahrzeuge stehen zu dieser frühen Stunde auf dem Parkplatz. Dicht an der Kaimauer parkt sie ihr Auto. Nachdem es ordnungsgemäß abgestellt ist, verstellt sie die Rückenlehne des Fahrersitzes, angelt sich eine Decke aus dem „Gepäckraum", gießt sich aus der Thermoskanne einen Becher heißen Tee ein und kuschelt sich samt Decke in den Fahrersitz. Ein Schluck von dem heißen Tee tut zu dieser frühen Stunde gut. Aus dem Radio ist leise Musik zu hören. Es ist fünf Uhr morgens. Erst um acht Uhr legt die Fähre in Richtung Insel ab. Der Tag beginnt zu dämmern. Der Parkplatz ist nur spärlich beleuchtet. Trotz der Kühle zu dieser frühen Stunde öffnet Lena das Schiebedach. Die frische Morgenluft tut gut. Die Anstrengung der nächtlichen Fahrt, die Erwartung auf den Urlaub und die Stille, die sie umgibt, lassen sie bald einschlafen.

Lena spürt einen starken Fahrtwind. Er ist so stark, dass er ihr fast das Tuch vom Kopf reißt. Sie kann es gerade noch mit beiden Händen festhalten. Der Verkehr erfordert eine kleine Bremsung und Lena merkt, dass sie neben Paul in einem Auto sitzt. Es ist kein normales Auto. Es ist der Sportwagen von Pauls Vater. Er hat ihn Paul für die erste Urlaubsreise mit Lena geliehen. Diese Sommerreise ist Pauls Geschenk für Lena zum bestandenen Abitur.

Da sitzen sie nun beide in dem weißen Auto mit der langgezogenen Motorhaube, die von zwei Ledergurten festgehalten wird, den dunkelroten Ledersitzen und dem eleganten Armaturenbrett aus Holz. Noch können sie beide es nicht glauben, dass sie für eine Woche immer zusammen sein können. Lange habe sie davon geträumt, es sich gewünscht und nun soll es wahr werden. Das Ziel ihrer Reise ist ein großer See nördlich von Berlin, ihr Zuhause ein kleines Zelt. Diese Woche soll die Zeit ihres innigsten Zusammenseins werden. Aber noch muss Paul seine Aufmerksamkeit dem Verkehr auf der Straße widmen. Lena hängt ihren Gedanken nach, die immer wieder zu der Frage zurückkehren: Wie werden sie, wie wird sie ihre erste große Liebe erleben? In ihrer bisher gemeinsamen Zeit mit Paul haben sie Zärtlichkeiten ausgetauscht, sie haben sich geküsst, ihre Körper gefühlt und gestreichelt. Aber für ihre erste körperliche Liebe haben sie sich Zeit gelassen. Oft hatten sie ein großes Verlangen nach dem körperlichen Vereintsein gespürt, aber sie haben ihm immer wieder widerstanden. Ihr erstes Mal soll das Schönste in ihrem Leben werden.

Wenn es der Verkehr zulässt und Paul sich Lena zuwendet, weiß sie, dass er ähnliche Gedanken hat. Am Ziel ihrer Reise angekommen müssen sie sich zuerst den alltäglichen Dingen zuwenden. Die Anmeldung auf dem Zeltplatz, das ordnungsgemäße Parken des Autos und schließlich das Auspacken des Gepäcks erfordern von beiden praktisches Handeln. Wo sie das Zelt aufstellen, dafür lassen sie sich viel Zeit. Die eine oder andere Stelle wird begutachtet und wieder verworfen. Ohne sich mit Worten zu verständigen, wissen sie, wie der Platz, an dem ihr Zelt stehen soll, der Ort, wo sie ihre erste große Liebe erleben wollen, aussehen soll. Endlich. Eine kleine Wiese unmittelbar am See, gerade so viel Platz, wie für das Zelt und einen kleinen Essplatz notwendig ist. Große ausladende Äste mit dichtem Laub breiten sich schützend wie ein Schirm über der kleinen Wiese aus. Spontan lässt Paul das Zelt und die übrigen Gepäckstücke ins Gras fallen. Lena tut es ihm gleich. Ohne ein Wort zu sagen, sind sie sich einig. Hier soll ihr kleines Liebesnest für die nächsten Tage stehen. Sie fallen sich in die Arme und ein langer Kuss besiegelt das, was sie hier tun werden.

Paul beginnt das Zelt aufzubauen. Mit viel Geschick hat er es in kurzer Zeit geschafft. Lena verstaut die Gepäckstücke im Zelt. Aus den beiden Luftmatratzen zaubert sie ein „Himmelbett" für die Nacht. Ein kleiner Tisch und zwei Hocker vor dem Zelt vervollkommnen den Komfort. Nachdem alles seinen Platz gefunden hat, sie sich wieder aus einer längeren Umarmung gelöst haben, ist ihre Neugier auf diese schöne fast unberührte Natur größer als in ihrem „Himmelbett" zu kuscheln. Sie entschließen sich für einen Spaziergang.

Hohe Buchen säumen das Ufer des Sees, an dem sich der Zeltplatz entlang schlängelt. Zu dieser Zeit, es ist Anfang Juni, sind nur wenige Zelte aufgebaut. Gerade richtig für die Beiden. Paul und Lena wünschen sich eine unbeobachtete Zweisamkeit in dieser wunderschönen Natur, wie sie sie bisher noch nicht kennengelernt haben. Der Standort ihres Zeltes ist wie dafür geschaffen. Begierig atmen sie den Duft des Waldes ein. Sie lauschen dem eintönigen Plätschern der Wellen und dem Gesang der Vögel. Übermütig klettern sie auf im Wasser liegende Bäume. Sie sind überwältigt von der wunderbaren Aussicht auf den See – eine fast unberührte Landschaft. Ihre Wanderung wird von unzähligen Küssen und Umarmungen unterbrochen. Ihr Wunsch nach ungestörter Zweisamkeit beginnt sich zu erfüllen. Als es dunkel wird, kehren sie zum Zelt zurück. Ein wenig essen, die frische Luft hat sie hungrig gemacht. Und dann die erste Nacht. Beide sind von den Anstrengungen des Tages, der Anreise, der für sie fremden unbeobachteten Zweisamkeit, so erschöpft, dass sie nach einem langen Kuss eng aneinander liegend einschlafen.

Lena hat fest geschlafen. Wie lange, weiß sie nicht. Der Tag muss noch sehr jung sein. Sie fühlt körperliche Wärme, öffnet ihre Augen und sieht Paul neben sich. Dicht haben sich in der Nacht ihre Körper aneinander geschmiegt. Sie spürt jeden Atemzug, der Pauls Körper bewegt. Langsam findet sie in die Wirklichkeit zurück. Sie sind beide weit weg von allem was ihnen bisher bekannt war. Sie sind allein. Durch das kleine Zeltfenster lugen die ersten Sonnenstrahlen. Zu hören ist nur das leise Plätschern der Wellen, die sich am Ufer brechen. Sie sind am Beginn ihrer „Reise ins Glück", so wie Paul ihre Reise genannt hat, angekommen. Lena möchte in Pauls Gesicht sehen, wenn er an ihrem ersten Morgen seine Augen öffnet und sie ansieht. Kaum hat sie sich etwas von ihm entfernt, als er nach einigen unruhigen Bewegungen seine Augen öffnet. Ihre Blicke treffen sich und wieder liegen sie sich in den Armen. Ein langer Kuss sagt, was beide jetzt wollen. Ihre Körper sind gierig nach Liebe. Lena streift ihr kurzes Nachthemd ab, ohne dass dabei ihre Hände Pauls Körper verlassen. Auch Paul zieht seinen Schlafanzug aus. Beide sehen sich zum ersten Mal völlig unbekleidet, nackt. Immer wieder küssen und liebkosen sie sich. Ihre Hände tasten über ihre Körper und ihre Augen sehen, was ihnen so lange Zeit verborgen geblieben war. Pauls schlanker Körper, seine kräftigen Arme mit den zärtlichen Händen und sein jungenhaftes liebes Gesicht steigern in Lena das Verlangen, mit ihm eins zu sein. Sie rückt immer dichter an seinen Körper. Paul liebkost alle Stellen ihres Körpers. Seine Finger berühren ihren Hals, ihre Brust, streicheln sanft ihren Bauch, verirren sich in ihrem Bauchnabel und verlassen ihren Körper erst, als sie an ihren kleinen Füßen angekommen sind. Lena lässt es geschehen und empfindet dabei eine große Lust. Wie im Traum spürt sie, wie seine Hand in ihr langes dichtes Haar greift und wie er sie an sich zieht. Wieder und wieder küsst er sie. Seine Hand gleitet langsam unter ihren Körper. Sie spürt, wie er sich behutsam aber kraftvoll über sie schiebt. Wie er, ohne sie zu erdrücken, in sie eindringt. Lena entringt sich ein leiser Schrei. Nicht vor Schmerz, nein eher vor Überraschung, vor Glück. Ihre Finger krallen sich in Pauls Schulter. Ganz behutsam ist Paul in ihr angekommen und ganz behutsam bewegen sich ihre Körper wie von selbst. Sie umklammern sich und genießen dieses große Glück und die Lust, die sie in diesem Moment empfinden. Paul hat Lena für die Liebe geöffnet.

Lena ist nicht in der Lage, einen klaren Gedanken zu fassen. Wie im Fieber zittert ihr Körper. Paul hält sie fest in seinen Armen. So fest, als wolle er sie nie mehr loslassen. Schweißgebadet haften ihre Körper aneinander. Sie liegen matt aber glücklich in ihrem „Himmelbett". Für Lena ist das soeben Erlebte bedeutend für ihr Leben. Paul hat sie zur Frau gemacht. Nach einer Unendlichkeit der Glückseligkeit lösen sich ihre Körper. Ein leichter Wind streichelt sanft ihre Haut. An ihren Händen halten sie sich fest. Nie mehr loslassen, nie mehr den anderen weggehen sehen und ewig dieses Glück festhalten, das wünschen sie sich. Paul zieht die Decke über beide. Vor Erschöpfung, nein vor Glück, fallen sie an diesem noch so frühen Morgen in einen tiefen Schlaf. Als Lena erwacht, steht die Sonne schon hoch am Himmel. Aus den anderen Zelten, die sich in einiger Entfernung zu ihrem befinden, ist das Klappern von Kochtöpfen und anderen Küchengeräten zu hören. Diese Geräusche waren wohl auch das Signal zum Aufwachen. Lena beugt sich über Paul, knabbert zärtlich an seinem Ohr und mit einem langen Kuss gelingt es ihr, ihn aufzuwecken. Und wieder berühren sich ihre Körper und wieder küssen und liebkosen sie sich. Ihre Hände zeichnen ihre Körper nach und immer wieder drücken sie sich voller Verlangen aneinander. Beide befinden sich in einem Zustand höchster Erregung. Das Frühstück für den Tag ist vergessen. Hunger auf Mittagessen haben beide nicht. Heute ist die Liebe ihre Lieblingsspeise und sie wollen mehr davon. Als Paul sich erneut über Lena beugt, erschallt ein langer dumpfer Ton. Lena erschrickt.

RØNNE

Als sie die Augen öffnet, blinzelt sie in einen hellen Morgen. Nach kurzer Orientierung ist Lena wieder in der Gegenwart angekommen. Der laute dumpfe Ton ist die Schiffssirene der Fähre, die in den Hafen von Mukran einläuft und sich auf diese Weise von ihren Fahrgästen verabschiedet und die im Hafen wartenden Passagiere begrüßt.

Wieder hat Lena in ihrem Traum ein Stück Vergangenheit erlebt und wieder sind es Momente des Zusammenseins mit Paul. Wie gern hätte sie diesen Traum weitergeträumt. Sie versucht sich zu erinnern, wie die schöne Reise mit Paul zu Ende ging. In den folgenden Tagen musste sie sich Paul versagen. Grund dafür war der biologisch weibliche Zyklus. Aber an ihrem letzten Abend erlebten sie ein ebenso glückliches Vereintsein wie am Beginn ihrer „Reise ins Glück".

Lena kann nicht länger ihren Erinnerungen nachhängen, das Beladen der Fähre hat begonnen. Der kleine Flitzer, der übrigens den Beinahmen „forever" („für immer") hat, gehört zu den ersten Fahrzeugen, die über die Laderampe in den Bauch des Schiffes gelotst werden. Als sie das Auto auf dem zugewiesenen Platz geparkt, die Handbremse angezogen und einen Gang eingelegt hat, nimmt sie ihre Handtasche, zieht eine warme Jacke über und steigt langsam, fast bedächtig aus dem Auto aus. Um zu den Passagierdecks zu gelangen, benutzt sie eine der steilen engen Treppen. Sie möchte dem Gedränge an den Fahrstühlen entgehen. Im vorderen Teil der Fähre, in einem der zahlreichen Salons, findet sie weitab von den Tischen und Sofas unmittelbar am Fenster einen gemütlichen Sessel. Sie möchte auf der dreieinhalbstündigen Überfahrt ungestört sein.

Es kommt anders. Die Fähre ist fast ausgebucht. Nur noch vereinzelt sind an den Tischen Plätze frei. Unmittelbar neben ihr hat sich eine Familie mit drei kleinen Mädchen auf dem weichen Teppichboden niedergelassen. Die Kinder haben Lena bald entdeckt und fordern sie auf, sich an ihren Spielen und Beschäftigungen zu beteiligen. Obwohl die Kleinen nur Dänisch sprechen, gibt es kaum Verständigungsprobleme. Nun ist Lena doch dankbar für die Abwechslung während der Überfahrt. So gerne sie den Erinnerungen an ihr erstes Mal weiter gefolgt wäre, so sehr ist ihr bewusst, dass in ihr eine starke Sehnsucht nach Paul, ihrer ersten Liebe, aufkommen würde. Um diese Sehnsucht spüren und erleben zu können, muss sie erst auf Bornholm ankommen.

Noch bevor die Passagiere aufgefordert werden, ihre Fahrzeuge aufzusuchen, verabschiedet sich Lena von den drei reizenden kleinen Mädchen und begibt sich auf das Außendeck. Langsam zeichnet sich am Horizont die Silhouette von Rønne ab. Die weiße St. Nikolai Kirche unmittelbar am Hafen hebt sich deutlich von den anderen Gebäuden ab. Um sie herum erstreckt sich Rønnes schönstes Viertel. Rot, gelb und weiß getünchte Häuser mit kleinen Gärten prägen das Bild der Stadt. Lena kennt diesen Anblick aus früheren Jahren. Das Außendeck füllt sich immer mehr mit Neugierigen. Viele der Passagiere lassen sich den Blick auf die Stadt aus der Sicht der „Seefahrer" nicht entgehen. Lena schaut sich um und betrachtet die Schaulustigen. Sie glaubt, die Fragen in den Köpfen der Mitreisenden aus ihrem Mienenspiel zu erkennen. Und schon ist sie dabei, die neben Ihr stehenden Mitreisenden in Erst-Bornholmer und Alt-Bornholmer einzuteilen. Während sie glaubt, aus den Gesichtern der Erst-Bornholmer die Frage „Was wird mich auf dieser Insel erwarten?" lesen zu können, liest sie aus den Gesichtern der Alt-Bornholmer „Was hat sich seit dem letzten Mal verändert?". Eine besondere Stimmung erfasst Lena. Für sie ist es fast eine Heimkehr. Sie träumt von der scheinbar stehengebliebenen Zeit auf der Insel, wo das Bewahren oft vor dem Erneuern kommt.

Es ist ihr Ferienbeginn auf Bornholm. Was wird sie in dieser Woche alles erleben? Wird sie träumen können? Noch ehe ihre Gedanken ihrem Tagtraum folgen können, ertönt durch den Bordlautsprecher die Aufforderung an die Passagiere, sich zu ihren Fahrzeugen zu begeben.

Lena geht langsam die enge Treppe zu den Fahrzeugdecks hinunter. Die um sie herum zunehmende Aufregung und Ungeduld bei vielen Passagieren ignoriert sie. Denen, die es ganz eilig haben, überlässt sie den Aufzug. Auf dem Autodeck angekommen, muss sie sich kurz orientieren. Wo hat sie den „forever" abgestellt? Es dauert nur Sekunden und sie hat ihn zwischen den anderen Fahrzeugen entdeckt. Die Betriebsamkeit um sie herum wird immer größer. Sie kann es verstehen. Bei ihren ersten Fahrten nach Bornholm war sie ebenso von dieser Unruhe, nun endlich das Ziel erreicht zu haben, ergriffen. Heute ist das für sie schon fast Routine. Sie ist dabei, die nötige Ruhe für ihren Urlaubsbeginn zu finden. Lena öffnet die Autotür, stellt ihre Tasche neben sich auf den Beifahrersitz, zieht ihre Jacke aus und wirft sie mit einem lässigen Schwung zu den Gepäckstücken im hinteren Teil des Autos. Dann steigt sie ein, korrigiert den Fahrersitz in eine für sie bequeme Stellung und wartet, bis das Schiffspersonal ihr den Weg für die Ausfahrt frei gibt. Noch ist es nicht so weit. Zeit sich im Auto umzusehen, ob alles an seinem angeordneten Platz liegt. Dabei fällt ihr auf, dass die Thermoskanne, die während der Fahrt neben ihr auf dem Beifahrersitz gelegen hat, nun ihren Platz in der Seitenablage der Tür gefunden hat. Gleichzeitig spürt sie einen leichten Atemzug an ihrer Wange. Lena möchte jubeln. Ist Paul in ihr Auto gestiegen? Kommt Paul mit auf die Insel? Obwohl sie weiß, dass das jeder Realität widerspricht, dass dies nicht sein kann, aber allein der Gedanke, dass er bei ihr sein könnte, macht sie glücklich.

Mit lautem Getöse öffnet sich die Bugklappe der Fähre. Das Schiffspersonal gibt den Autofahrern Anweisungen, die Fähre zu verlassen. Und so fährt ein Auto nach dem anderen aus dem Schiffsrumpf. Rønne ist erreicht. Lena kennt sich auf Bornholm gut aus. Es gibt kaum Straßen oder Wege, auf denen sie nicht schon einmal entlang gefahren, geradelt oder gewandert ist. Sie hat keine Mühe, auf kürzestem Weg zur Ferien-

wohnung zu gelangen. Nach etwa dreißig Minuten hat sie die Abbiegung, den Sorteengevej, in der Nähe von Nylars, der direkt zum Bauernhof führt, erreicht. Zufrieden stellt sie fest, dass sich seit dem letzten Jahr kaum etwas verändert hat. Ja, die Inselbewohner behaupten die Idylle ihrer Insel als Lebensform. „Sich verändern ohne zu zerstören" bestimmt noch immer das Leben auf der Insel. Es zeigt sich nirgendwo so eindrucksvoll wie an den Häusern und Bauernhöfen.

Das Haus und die Scheune auf dem Hof von Anetta und Björn leuchten im typischen Bornholmer Rot, abgesetzt mit einem warmen Gelbton. Die Galloways grasen friedlich hinter dem Haus, der alte Hund liegt faul in der Toreinfahrt und auf dem Hof rekelt sich in der Sonne eine nicht bestimmbare Anzahl von Mäusefängern. Es ist wie in den vergangenen Jahren. Björn, Anetta und Kaily, die Gastfamilie, haben Lena schon gesehen, als sie von der Hauptstraße abgebogen ist. Ihre Begrüßung mit einem „Hjertelig velkommen" ist überaus herzlich. Lena spürt, dass sie willkommen ist. Alle sind ihr beim Entladen des Autos behilflich. Björn kümmert sich um das Fahrrad und bringt es in den regensicheren Unterstand. Anetta und Kaily helfen Lena, das Gepäck in die kleine Ferienwohnung zu tragen. Ihr Zuhause für die nächste Woche; ein großes Zimmer mit einer offenen Küche, ein kleiner Schlafraum mit einem Doppelbett und eine noch kleinere Dusche.

Als Lena das Auto auf dem Parkplatz neben dem Eingang zur Wohnung abstellt und zum Haus zurückgeht, glaubt sie, das Klappen der Autotür zu hören. Paul? Sie zögert, sich

SVANEKE

umzudrehen oder nach Paul zu rufen. Weiß sie doch, dass er nicht hier sein kann.

Den Nachmittag verbringen Lena, Anetta, Björn und Kaily gemeinsam bei einem dänisch-deutschen Kaffee. Lena hat zur Begrüßung Selbstgebackenes, kleine Fernsehtürme, mitgebracht. Ist es die Form der Gebäckstücke oder ihr Geschmack? Auf alle Fälle kommen sie bei den Dänen gut an. Anetta hat mit einem starken Kaffee bewiesen, dass Bornholmer nicht nur einen schmackhaften Tee zubereiten können. Sie tauschen die erwähnenswerten Dinge des letzten Jahres aus. Björn und Anetta haben nicht viel zu berichten. Sie leben in der Stetigkeit eines immer friedlichen, ohne Aufregungen dahinlaufenden Alltags. Aber sie haben das Talent wie alle Bornholmer, in langen, nicht langweiligen Gesprächen, über Kleinigkeiten reden zu können. Kaily hat große Neuigkeiten zu berichten. Aufgeregt und ein wenig verschämt erzählt sie Lena, dass sie die große Liebe ihres Lebens gefunden hat. Anetta und Björn sehen die Verliebtheit ihrer Tochter etwas realer und verlassen das Thema der großen Liebe bald wieder. Aber Lena kann sich gut in Kailys Gefühlswelt versetzen, ist sie doch selbst dabei, in den nächsten Tagen ihre erste Liebe noch einmal zu erleben, zu fühlen. Die Kaffeerunde dauert bis in die frühen Abendstunden. Nachdem alle Neuigkeiten ausgetauscht sind, hat Lena nur noch einen Wunsch, sie möchte zum Meer. Den Laufanzug in ihrem Gepäck zu finden, ist nicht schwer. Die Laufschuhe liegen im Kofferraum des Autos. Und so dauert es nur wenige Minuten, und sie ist für ihren ersten Lauf bereit.

Drei Kilometer ist der Bauernhof vom Meer entfernt. Für Lena, die regelmäßig läuft, keine große Distanz. Nach etwa einer viertel Stunde hat sie die weite Küste bei Arnager erreicht. Angekommen, hält sie kurz inne. Sie atmet die frische und kühle Luft ein. Ihr Blick gleitet über das Meer. Mit ihren Füßen stochert sie im Sand. Ihre Hand greift in den weichen feinkörnigen Sand. Behutsam hebt sie eine Muschelschale auf und lässt den feinen Sand durch ihre Finger rinnen. Das alles tut ihr gut. Sie merkt, wie in ihrem Kopf die Gedanken, denen sie in dieser Woche nachgehen möchte, immer mehr Raum gewinnen. Sie fühlt sich frei und glücklich. Es wird eine erholsame und friedliche Woche werden wird, das weiß sie, sie ist sich sicher. Als die Sonne langsam am Horizont ins Meer eintaucht, läuft Lena zum Bauernhof zurück. Die drei Kilometer bis zum Hof bereiten ihr etwas Mühe. Sie spürt, dass sie ihr Lauftraining in letzter Zeit arg vernachlässigt hat. Auch das wird sich in der kommenden Woche ändern.

Der anstrengende Tag, die Anreise zur Fähre, die Überfahrt und die herzliche Begrüßung auf Bornholm, der erste Lauf zum Meer, das alles hat sie sehr ermüdet. Am liebsten möchte sie sofort ins Bett gehen, aber das Gepäck muss noch ausgepackt werden. Widerwillig legt sie die Sachen in den Schrank und die Kommode. Sie ist wirklich müde; noch duschen und dann endlich ins Bett. Lena kuschelt sich in ihre Decke und wartet auf Paul. Es dauert nicht lange und sie schläft ein.

Als sie am Morgen erwacht, scheint ihr die Sonne mitten ins Gesicht. Nur mit großer Anstrengung kann sie ein Niesen unterdrücken. Sie hebt den Kopf und schaut in das Bett neben sich. Es ist leer geblieben. Leer geblieben in ihrem Traum und leer geblieben in der Wirklichkeit. Sie ist enttäuscht. Langsam erhebt sie sich, ihre Füße finden erst nach mehreren Versuchen die Pantoffel. Ohne große Eile geht sie zur Dusche, putzt sich die Zähne, zieht ihren Laufanzug an und brüht sich eine große Tasse Tee. Es ist Tee von Anetta. Sie hat ihn aus einheimischen Kräutern selbst gemischt. Lena mag ihn. Er hat die Kraft der ganzen Insel in sich. Mit hastigen Schlucken trinkt sie den heißen Tee. Er tut ihr gut. Dann verlässt sie die Wohnung. Sie hat gut und ausreichend geschlafen und möchte nun die Insel pur erleben. Die Ruhe, die sie umgibt, die gewollte Einsamkeit lassen sie hoffen, dass es ein guter Tag wird.

Lena läuft fast ohne einen Gedanken los. Der alte Hund verabschiedet sie mit einem brummigen „wuff". Die Mäusefänger nehmen von ihr kaum Kenntnis. Einzig die Galloways verfolgen neugierig ihren Lauf. Das frische Gras unter ihren Füßen duftet. Lena begegnet keinem Menschen. Sie ist

allein. Am Strand angekommen, zieht sie ihre Schuhe aus, lässt zuerst den großen Zeh und dann den ganzen Fuß mit den Wellen spielen und empfindet dabei eine angenehme Kühle. Dann läuft sie einige Kilometer am Strand entlang mit den Füßen im kühlen Wasser. Das macht sie munter. Dann muss sie zurück. Für den heutigen Tag hat sie sich eine Menge vorgenommen. Die drei Kilometer zum Strand und zurück zum Bauernhof sind heute keine große Herausforderung. Ausgiebiges Duschen und ein kräftiges Frühstück sind der Start für die erste Fahrradtour. Lena holt ihr Fahrrad aus dem Unterstand, verstaut Regenbekleidung, Ersatzschlauch und Werkzeug in der kleinen Gepäcktasche, die sie bei ihren Radtouren immer bei sich hat. Sie weiß, dass sie diese Dinge nicht brauchen wird, aber ihr Hang zur Perfektion kann sie nicht davon abbringen, darauf zu verzichten. Ohne Eile fährt sie in Richtung Osten. Der Radweg nach Snogebæk schlängelt sich entlang der Hauptstraße. Ihre Blicke gleiten über die Felder, die fast die gesamte Insel einnehmen und nur von den freistehenden Bauernhöfen, den kleinen Städten und dichten Waldgebieten unterbrochen werden. Ein Grünstreifen mit bunten Wiesenblumen und Gräsern trennt den Radweg von der Straße. Ein intensiver, aber angenehmer Duft von frischem Grün liegt in der Luft. Es riecht nach Frühsommer. Auf der Straße ist kaum Verkehr. Nur ein paar landwirtschaftliche Fahrzeuge kommen ihr entgegen. Auf dem Radweg sonnen sich Eidechsen und Blindschleichen. Gemütlich, in aller Ruhe radelt Lena ihrem Ziel Snogebæk entgegen.

Snogebæk ist ein kleiner Ort mit einer faszinierenden Bebauung am Westrand der Insel. Ein Hafen, interessante Boutiquen und Heringsräuchereien laden die Gäste der Insel zu einem Besuch ein. Ein verführerischer Duft von frischem Räucherfisch steigt in ihre Nase. Sie erliegt der Versuchung, einen der frisch geräucherten Fische zu probieren.

Im Schatten, unmittelbar neben der Räucherei, stellt sie ihr Fahrrad ab. Dann sucht sie sich selbst einen solchen Platz und beschließt, einen „Bornholmer" zu essen. Nicht, dass sie kannibalische Gelüste verspürt, ein „Bornholmer" ist eine Spezialität der Insel. Es ist ein geräucherter Hering mit grobkörnigem Salz bestreut, eine Scheibe Schwarzbrot und ein Eigelb. Lena weiß, dass die „Bornholmer" am besten schmecken, wenn sie noch warm nach einigen Stunden aus dem Räucherofen kommen. Mit viel Genuss verspeist sie den Leckerbissen. Ein Rundgang durch den Ort schließt sich an.

Die kleinen farbenfrohen Häuser faszinieren Lena ebenso wie die liebevoll geschmückten Fenster. Man könnte annehmen, dass die Bewohner ihre Fenster als Vitrinen benutzen, um allerlei schöne Dinge, wie Gläser, Plastiken, Blumen und vieles andere, den Besuchern zu präsentieren. Bei ihrem Spaziergang durch die Stadt beobachtet sie nicht nur die Urlauber. Ihre Aufmerksamkeit gilt mehr den Bornholmern, denen sie gern bei ihrem Tun zuschaut. Ihre Gelassenheit und Ruhe bereichern das Flair der Insel Am Ende ihres Spazierganges ist sie wieder an der Räucherei angekommen. Ihr Wunsch, die Insel, ihre Bewohner, ihre Bauten und nicht zuletzt das die Insel umgebende Meer zu erleben, lässt sie aufbrechen. Die Fahrt geht weiter in Richtung Neksø.

Der Radweg verläuft, wie viele Radwege auf Bornholm, im ausreichenden Abstand zu den Straßen durch Felder und

NEKSØ

Wald; oft auf den alten Trassen der Bornholmer Eisenbahn. Gleich hinter Balka, dem größten Ferienressort der Insel, schlängelt sich der Radweg auf dem ehemaligen Bahndamm durch ein Moorgebiet. Die Höhe des Bahndammes gestattet einen wunderbaren freien Blick auf das Meer. Zwischen Radweg und Meer breitet sich eine Landschaft aus, die Rastplatz für viele Vogelarten auf ihren Zügen in wärmere Gegenden ist. Lena ist von der Unberührtheit der Landschaft beeindruckt. Sie hat den Wunsch, zu träumen und spürt ein großes Verlangen nach Einsamkeit.  Eine geeignete Stelle ist schnell gefunden. Ihr Fahrrad lehnt sie an eine vom Wind zerzauste Kiefer. Mit Schwung wirft sie ihre Jacke ins Gras. Gerade als sie sich darauf niederlassen will, entdeckt sie unmittelbar neben der Jacke im Gras ein Fellknäuel. Es ist eine der vielen Bornholmer Katzen, die sich diese ruhige Stelle für ihre vormittägliche Ruhe ausgesucht hat. Die Katze nimmt Lena kaum wahr und fühlt sich in keiner Weise gestört. Nur für einen Augenblick hebt sie ihren Kopf aus dem Gras. Ein leises Klingeln ist zu hören. Es kommt von dem kleinen Glöckchen, das die Katze am Halsband trägt. Als Lena sich neben die Katze legt, hebt diese noch einmal ihren Kopf und schaut Lena an, um sich gleich darauf wieder zusammen zu rollen. Sie gibt Lena damit zu verstehen, dass sie keinesfalls in ihrer Ruhe gestört werden möchte. Lena möchte das auch nicht und so sind sie sich über den Verlauf der nächsten Stunden einig.

Die Arme hinter dem Kopf verschränkt, blickt Lena in den blauen Himmel, der sich wie ein riesiges Panoramabild über ihr ausbreitet. Hin und wieder schiebt der Wind ein paar dicke weiße Kumuluswolken auf den blauen Hintergrund. Sie versucht, diese sich ständig verändernden Wolkenbilder zu deuten. Da entdeckt sie zwei Wolken, die das Aussehen von zwei Köpfen haben. Der Wind schiebt die beiden Wolkenfetzen immer mehr aufeinander zu, bis sich die „Wolkengesichter" in einem Kuss vereinen.

Lena wendet sich der Katze zu. Ihre Hand greift in das dichte Fell. In Richtung Katze fragt sie: „Paul, wie haben wir uns eigentlich kennengelernt?" Sie weiß, dass eine Antwort nicht zu erwarten ist. Und wenn es auch nicht ihre Art ist, sich mit Katzen zu unterhalten, so erhofft sie sich doch eine Antwort. Aber wer soll ihr antworten? Die Katze liegt teilnahmslos im Gras und ein Tagtraum kommt auch nicht. Lena erinnert sich, wie sie und Paul sich das erste Mal begegneten.

Kennengelernt hatten sie sich durch Lenas Tante, die nur wenige Jahre älter ist als Lena. Sie hatte Lena eingeladen, sie zu einer Betriebsfeier zu begleiten. Lena hatte abgelehnt. Es gab Gründe dafür. Lena ging noch zur Schule. Vergnügungen mussten in einem relativ geringen Rahmen gehalten werden. Tanzen mochte Lena schon gern und ihre Tanzstunde hatte ihr viel Spaß gemacht. Dennoch vermisste sie diese Vergnügungen nicht allzu sehr. Sie musste sich auf ein akzeptables Abitur vorbereiten, um eine gute Basis für ihre berufliche Entwicklung zu haben. Paul war zu dieser Zeit etwa zwanzig Jahre alt. Er hatte bereits sein Abitur und die Armeezeit hinter sich gebracht und bereitete sich auf seinen Berufsabschluss in dem Betrieb, in dem Lenas Tante arbeitete, vor. Sein nächstes Ziel war die Aufnahme eines Studiums mit dem er seine berufliche Entwicklung festlegen wollte. Eben auf dieser Betriebsfeier, zu der Lena es abgelehnt hatte, ihre Tante zu begleiten, lernten sich Lenas Tante und Paul kennen. Vielleicht fand er gefallen an der etwas reiferen Dame oder ahnte er, dass in diesem Haushalt noch ein im Alter zu ihm passendes Mädchen lebte? Egal wie, Paul besuchte Lenas Familie. Es kam zur ersten Begegnung zwischen ihm und Lena. Beide waren überrascht, als sie sich das erste Mal gegenüberstanden. Sein Erscheinen schlug bei Lena wie ein Blitz ein. Obwohl sie in Sachen Liebe sehr zurückhaltend, nein unwissend war, das Gefühl, das sie verspürte, war völlig neu für sie. Das mussten die berühmten Schmetterlinge im Bauch sein.

Nach und nach entstand zwischen beiden eine zarte Liebe. Ihrer beider Unerfahrenheit in Sachen Liebe gaben der Bindung eine Zartheit und Zerbrechlichkeit. Ihre Liebkosungen waren das sanfte Berühren ihrer Lippen, das Streicheln ihrer Gesichter und der Austausch lieber Worte. Ihre Zärtlichkeit war weit entfernt von sexueller Begierde. Allein das Zusammensein, das gegenseitige Berühren machte beide glücklich. In Gedanken versucht Lena sich vorzustellen, nein sie versucht den ersten Kuss, den sie sich gaben, zu spüren. Und wieder fühlt sie dieses unbeschreibliche Gefühl von Schmetterlingen in ihrem Bauch.

Damit ist sie wieder in der Wirklichkeit angekommen. Ihre Finger kraulen noch immer im Fell der Katze. Der scheinen diese für sie unverhofften Streicheleinheiten zu gefallen. Ihr leises Schnurren ist nicht zu überhören. Aber es wird Zeit, den Ort der Erinnerungen zu verlassen. Lena zieht ihre Jacke an und radelt weiter in Richtung Neksø. Die Katze nimmt ihren Aufbruch kaum zur Kenntnis.

Schon nach wenigen Kilometern kündigt sich die Silhouette von Neksø an. Unmittelbar am Ortseingang befindet sich der größte Fischereihafen der Insel. Die überdimensionalen Bauten der Fischindustrie im Hafengelände sind schon von weitem zu sehen. Auf den ersten Blick hat Neksø im Vergleich zu den anderen Städten der Insel nicht viel zu bieten. Aber Lena weiß, das alte, das schöne Neksø liegt hinter der Kirche; nicht sofort sichtbar. Kleine farbenprächtige Häuser sind Zeugnis einer für Bornholm eigenen Architektur. Von den schlimmen Zerstörungen der Stadt am Ende des Zweiten Weltkrieges ist schon lange nichts mehr zu spüren. Nur in dem kleinen Café am Markt neben der Post hängen an den Wänden Bilder, auf denen das Trümmermeer abgebildet ist; im Kontrast dazu der gelungene Wiederaufbau. Eine Mahnung an die Einwohner, aber auch an die Besucher. Lena verweilt an der musealen Bildergalerie und stärkt sich bei einer Tasse Kaffee und einem Gebäckstück aus dem reichhaltigen Kuchenangebot für die Kilometer, die sie bis zum Bauernhof noch zurücklegen muss. Ehe sie Neksø verlässt, besucht sie noch das Neksø-Museum. Ein Ort, den sie bei ihren Aufenthalten auf der Insel immer besucht hat. Sie liebt die Werke des Dichters, der sich seinen Namen nach dieser Stadt gab. Und sie glaubt, die Insel in ähnlicher Weise wie der Dichter zu lieben. Nach ihrem ausgedehnten Aufenthalt in Neksø beendet sie die Inselerkundung für heute und radelt auf kürzestem Weg zum Bauernhof zurück.

Lena hat tief und fest geschlafen. Die frische Luft, die erholsame Stille der Insel und die noch ungewohnten körperlichen Anstrengungen, haben sie tief und fest in Morpheus Armen ruhen lassen. Das Trommeln der im Morgengrauen auf dem Dach umherhüpfenden und nach Futter suchenden Saatkrähen hat ihren Schlaf nicht gestört. Als Lena die Augen öffnet, stehen die Zeiger des Weckers auf sieben Uhr. Sie spürt ein Ziehen in den Beinen. Das Ziehen ist ein echter Muskelkater, dennoch fällt es ihr nicht schwer aufzustehen.

Für den heutigen Tag hat sie ein umfangreiches Programm geplant. Schnell ist der Tee zubereitet. Dann läuft sie zum Strand, die raue aber klare Luft einatmen, die Füße im Sand entspannen, ein paar Kilometer im Wasser joggen. Das alles trägt zu ihrem Wohlbefinden bei. Zurück vom Strand folgt ein ausgiebiges Frühstück. Für heute steht der Besuch der Kirchen auf ihrem Programm.

Die Insel beherbergt viele Kirchen. Lena hat sich für die bekanntesten, die vier Rundkirchen, entschieden. Neben Gotteshäusern waren sie einst Fluchtburgen vor Feinden und Lager für die sichere Aufbewahrung von Nahrungsmitteln und Schätzen. Sie hat sich vorgenommen, diese wunderbaren Bauwerke zu skizzieren. Später, wenn sie wieder zu Hause ist, wird sie sie auf Seide malen. Eigentlich wäre diese Tour mit dem Auto bequemer, aber das schon fast sommerliche Wetter, keine Wolke am Himmel, ist der Grund, dass

Lena sich für eine Fahrradtour entscheidet. Sie wird auch mit dem Muskelkater von der gestrigen Tour die Kilometer bewältigen, denn sie weiß, dass Paul, auch wenn er nur in ihren Gedanken bei ihr ist, ihr die Kraft gibt. Gegen neun Uhr verlässt sie den Hof in Richtung Osten. Ihr erstes Ziel ist die Rundkirche von Nylars; Nyker und Olsker folgen. Ohne große Vorbereitungen skizziert sie die Kirchen, so, wie sie sie im Moment wahrnimmt. Die Zeit drängt, denn sie hat erst die Hälfte der Tour bewältigt.

In Olsker, sie ist bereits fünfzig Kilometer unterwegs, es ist Zeit für eine längere Pause. Sie entscheidet sich für eine Einkehr in Klemensker. Obwohl Böswillige behaupten, Klemensker sei nur eine große Kreuzung, an der sich die Straßen in alle Richtungen der Insel treffen, weiß Lena um eine Besonderheit an diesem Ort. Am Abzweig nach Hasle steht der einzige Landgasthof der Insel. Schon viele Male ist Lena bei ihren früheren Inselbesuchen dort eingekehrt. In Erinnerung sind ihr die leckeren Gerichte vom Lamm geblieben. Die Mittagszeit ist schon vorbei, als Lena den Gasthof betritt. Das Smørebrod, das man in Dänemark zu Mittag isst, ist um diese Zeit in der Speisekarte bereits durch deftige Gerichte zum „middag", der Hauptmahlzeit der Dänen, ergänzt. Lena ist der einzige Gast im Restaurant. Sie sucht in der Speisekarte Lammbraten und findet ihn unter der dänischen Bezeichnung „lamkod". Der Wirt, freundlich und zuvorkommend wie alle Inselbewohner, fragt Lena, ob sie im Hof Platz nehmen möchte. Der Hof grenzt unmittelbar an eine Pferdekoppel. Fünf Tische, eingedeckt mit blaukarierten Tischdecken, stehen auf einer Rasenfläche, unterbrochen von einigen Granitplatten. Kleine Vasen mit Wiesenblumen schmücken die Tische. Weiche Kissen polstern die Stühle und lassen Bequemlichkeit ahnen. Trotz ihres großen Respektes vor Pferden wählt Lena den Tisch unmittelbar am Koppelzaun. Der Holzzaun gibt ihr eine gewisse Sicherheit und lässt ihre Angst vor diesen Tieren fast vergessen. Schon etwas müde von der bisher doch recht anstrengenden Fahrt, schließt sie ihre Augen. Sie erinnert sich an Paul und ist so in Gedanken versunken, dass sie nicht bemerkt, wie am Nachbartisch weitere Gäste Platz nehmen.

Es ist nicht Lenas Art, den Gesprächen anderer zu lauschen. Aber als sie den Klang ihrer Sprache vernimmt, kommt sie nicht umhin, der Unterhaltung etwas Aufmerksamkeit zu schenken. Lena hört die Worte „passen nicht zusammen". Sie kennt nicht den Inhalt des Gesprächs, aber diese Worte haben eine unbeschreibliche Wirkung auf sie. Traurigkeit und zugleich eine ungeheure Wut überkommt sie. Warum? Diese Worte hatte Pauls Mutter ihr gegenüber geäußert, als Lena versucht hatte, nach der Trennung von Paul wieder Kontakt mit ihm aufzunehmen.

Ja, es ist wahr. Lena hat Paul verlassen, weil sie glaubte, eine andere Liebe gefunden zu haben. Aber niemand hatte versucht, sie zu halten, auch Paul nicht. Nach ihrer Trennung hatte sie den Wunsch, dass sie als Freunde ihre eigenen Lebenswege gehen. Teilhaben am Leben des anderen, helfen, wenn es notwendig sein sollte. Es wurde ihr verwehrt, nicht durch Paul, durch seine Mutter. Heute weiß Lena, dass ihre

Trennung von Paul für seine Mutter willkommen war. Lena hatte damals allem Mut zusammengenommen um Pauls Mutter, die Lena aus tiefstem Herzen ablehnte, nach ihm zu fragen. Sie hatte sehr unfreundlich und bestimmend im Tonfall mit dem Satz: „Sie passen nicht zu unserer Familie" jegliches Gespräch oder Zusammentreffen mit Paul verwehrt.

Was war der Grund? Nach Ansicht von Pauls Mutter passten die „Verhältnisse" ihrer Familien nicht zusammen. Paul lebte in sogenannten „guten Verhältnissen". Sein Vater war ein angesehener weit über seinen Betrieb hinaus anerkannter Ingenieur. Aber in seiner Familie unterlag er dem strengen Matriarchat seiner Frau. So schien es zumindest. Zu Lena hatte er ein gutes freundschaftliches, vielleicht schon ein wenig väterliches Verhältnis. Unzufrieden mit der Freundin von Paul war seine Mutter. Im innersten grollend akzeptierte sie vorerst Lena, aber für immer hatte sie sich eine andere Frau für Paul vorgestellt, eine mit „passenden Verhältnissen". Lenas „Verhältnisse" passten nicht zu denen von Pauls Familie. So entschied und legte sie es fest. Für sie standen gute „Verhältnisse", gleich was sie darunter verstand, und geordnete Familienverhältnisse über Liebe und persönlichem Glück. Das, was sie forderte, gaben Lenas „Verhältnisse" nicht her. Ihre Eltern waren geschieden. Sie lebte bei ihrer Mutter. Die finanziellen Voraussetzungen reichten nur für ein bescheidenes Leben.

Lena spürte schon irgendwie die Abneigung von Pauls Mutter ihr gegenüber, ohne dass es ihr direkt bewusst wurde. Vielleicht war sie zu jung, zu naiv, vielleicht auch zu sehr in

Paul verliebt, als dass sie diese dunkle Wolke, die über ihrem Glück schwebte, bemerkte. Das Glück der beiden war unter diesen Bedingungen chancenlos, auch wenn später Lena es war, die Paul verließ. Sie kann es bis heute nicht begreifen, was damals geschah. Und immer wieder stellt sie sich die Frage: „Sind Liebe und Zuneigung, Toleranz, Ehrlichkeit und Verständnis füreinander nicht die Basis für eine glückliche Beziehung?" Und so oft sie sich diese Frage bisher gestellt hat, sie hat sie immer mit ja beantwortet.

Bei diesen Gedanken kann Lena nur mit großer Mühe ihre Tränen zurückhalten. Sie wünscht sich in diesem Moment, dass Paul bei ihr sein könnte. Sie wünscht sich einen Tagtraum, in dem Paul sie in seine Arme nimmt, sie tröstet und ihr sagt, dass das Wichtigste im Leben Liebe und gegenseitiges Vertrauen sind. Dass er ihr sagt, dass er sich zum Zeitpunkt ihrer Trennung seiner Familie, seiner Mutter untergeordnet hat. Dass er ihr sagt, dass er mehr hätte um sie kämpfen müssen, dass er sich gegen seine Mutter hätte stellen müssen. Lena wäre damals und zu jeder anderen Zeit in ihrem Leben zu ihm zurückgekehrt. Aber es kommt kein Tagtraum. Lena muss allein mit diesen Gedanken fertig werden. Sie möchte nach Paul rufen, aber sie weiß, dass er nur in ihren Träumen bei ihr sein kann. Lena ist so in Gedanken versunken, dass sie nicht einmal erschrickt, als ein Pferd fast ihre Schulter berührt. Normalerweise reicht das aus, um Lena in einen panikartigen Zustand zu versetzen. Jetzt ist sie wie gelähmt. Diese verfluchten „Verhältnisse", die nach Meinung von Pauls Mutter nicht zusammengepasst haben,

haben ihr ganzes Leben bestimmt. Bei allem was sie tat, sie wollte Pauls Mutter beweisen, dass es nicht auf die „materiellen Verhältnisse", in denen man aufwächst, ankommt, sondern, dass es darauf ankommt, wie man sein Leben selbst meistert. Alles was Lena tat und auch heute noch tut misst sie an den Maßstäben von Pauls Mutter. Zu gern hätte sie ihr das irgendwann einmal gesagt. Sie hätte ihr auch gern über ihre souveräne berufliche Entwicklung erzählt. Darüber, dass nun ihre „materiellen Verhältnisse" passend zu Pauls Familie wären. Und sie hätte ihr von ihrer großen Liebe zu Paul erzählt, die sie bis heute fühlt. Es ist nie dazu gekommen. Dieser Wunsch ist zu einer Last für Lena geworden und sie wird sie ihr Leben lang nicht ablegen können. Das alles ist auch der Grund dafür, dass Lena zu einer Art Workaholic geworden ist. Mit höchstmöglichem Einsatz immer allen Anforderungen gerecht werden. Es ist ihr meistens gelungen, wenn auch manches Mal verbunden mit persönlichen Opfern.

Mutig streichelt Lena über die Stirn des Pferdes. In diesem Moment serviert der Wirt den Lammbraten. Als er sieht, wie Lena das Pferd am Kopf streichelt, fragt er sie, ob sie reiten möchte. Diese für sie absurde Frage bringt sie in die Realität zurück. Sie verneint und widmet sich dem Essen. Hunger hat sie nicht mehr. Der Duft von dem frisch zubereiteten Braten steigt in ihre Nase. Langsam stellt sich Appetit ein. Aber so richtig schmeckt es ihr nicht. Es liegt nicht an der Zubereitung des Bratens. Dieser köstliche mit karamellisiertem Zucker überbackene Braten, das duftende Kraut und die akkurat auf dem Teller angeordneten Kartoffelstücke verströmen einen unwiderstehlichen Duft. Nein, es sind die „Verhältnisse" die Lena die Lust am Essen nehmen. Sie wird es ihr Leben lang nicht verstehen können.

Nach dem Essen macht sie sich auf den Weg zur vierten und letzten Rundkirche. Bis dahin sind es noch einige Kilometer. Sie benutzt den Fernwanderweg, auch eine ehemalige Eisenbahntrasse, nach Rø. Schon von weitem kündigt sich Rø mit zwei Windmühlen an. Dieser Ort teilt das Schicksal von Bornholms Binnenstädten. Man nimmt sie nur bei der Durchfahrt wahr. Dabei ist Rø durchaus reizvoll. Mit den zwei Windmühlen und dem zweiten Flugplatz der Insel hat die Stadt auch eine gewisse Wichtigkeit. Lena lässt die Stadt nördlich liegen und radelt entlang endlos scheinender Wälder in Richtung Østerlars. Østerlars ist nur eine Durchgangsstraße, doch die massivste und größte Rundkirche macht den Ort zu einer Besucherattraktion. Das Skizzieren der Kirche ist schnell erledigt. Dann radelt sie heimwärts. Etwa dreißig Kilometer sind es noch bis zum Bauernhof. Sie spürt die fast einhundert Kilometer, die sie bis jetzt gefahren ist, in den Beinen. Der Muskelkater von gestern muss für den heutigen Platz machen. Als sie auf dem Hof vom Rad steigt, ist sie sichtbar erschöpft. Ihr ist anzusehen, dass sie einen anstrengenden Tag hinter sich hat. Anetta empfängt sie am Hoftor und bietet ihr ein erfrischendes Bad an. Lena kann es nicht ablehnen. Ohne Abendbrot fällt sie erschöpft ins Bett. Sie hat nur noch einen Wunsch: Paul bitte komm heute Nacht zu mir. Träum mit mir von unserer schönen Zeit.

Kaum hat sich Lena in ihre Decke gekuschelt, als sie ein leises Quietschen der Schlafzimmertür vernimmt. Sie spürt, dass jemand ins Zimmer gekommen ist. Kurz darauf fühlt sie Atem an ihrer Wange. Ist es Paul? Er muss es sein. Heute hat er endlich den Weg zu ihr gefunden. „Bitte Lena, lass uns kuscheln", hört sie ihn flüstern. Lena rückt zur Seite, hebt die Decke an und spürt, wie sich Paul ganz dicht an sie schmiegt.

Lena liegt nicht mehr im Bett ihrer Ferienwohnung. Sie liegt auf der Liege in dem Zimmer, das sie während ihrer Studienzeit bewohnte. Sie kann Paul ganz deutlich fühlen. Er ist nackt. Seit ihrer Reise ins Glück haben sie ihre Körper kennengelernt. Paul weiß seitdem, wo seine Berührungen und Zärtlichkeiten bei ihr zu größtem Verlangen führen. Er ist wie immer sehr zärtlich zu Lena. Seine Hände verfangen sich in ihrem langen Haar. Sein Mund küsst ihre Brüste und seine Hände berühren ihren Hals. Seine Zunge verirrt sich in Lenas Ohr. Sie liebt es, wie er ihren Körper berührt und erlebt mit großer Lust seine Liebkosungen. Sie möchte mit ihm eins sein. Sanft und doch drängend ergreift Paul von ihrem Körper Besitz. Er legt sich auf Lena, stützt sein Gewicht auf seine Ellenbogen, um sie nicht zu erdrücken. Er küsst sie auf alle Stellen ihres Körpers, die er in dieser Lage erreichen kann. Dann verschmelzen ihre Körper. Paul liebt Lena und Lena liebt Paul. Glücklich von der erlebten Liebe, liegen sie erschöpft, müde, dicht aneinander geschmiegt auf der schmalen Liege. Jetzt einschlafen und in zärtlicher Umarmung am Morgen aufwachen. Das ist ihr Wunsch. Aber das ist unmöglich, denn spätestens zweiundzwanzig Uhr

ÅRSDALE

muss Paul Lenas Zimmer verlassen. Noch während sie vom nächsten Zusammensein träumen, klopft es an die Tür. Energisch weist Lenas Zimmervermieterin darauf hin, dass Paul zu gehen hat. Nur noch Zeit für eine letzte Umarmung und einen letzten Kuss. Lena hilft Paul beim Anziehen, dann müssen sie Abschied nehmen bis zum nächsten Kuscheln. Aber wann wird das sein? Keine gemeinsame Nacht, kein gemeinsames Aufwachen am Morgen. Die heuchlerische Moral will es so.

Noch während Paul sich von Lena verabschiedet, klopft es wieder an die Tür und eine Stimme ruft ihren Namen. Lena ist irritiert, weiß aber sofort, dass sie in ihrer Ferienwohnung auf Bornholm ist. Und noch ehe sie antworten kann, klopft es wieder. Unwillig steht sie auf und öffnet die Tür. Anetta hat mit ihrem Klopfen Lena aus ihrem Traum gerissen. Sie hält Lenas Tasche in der Hand. Lena hatte sie am Fahrrad hängen lassen. Nicht dass sich Diebe ihrer bemächtigen könnten, aber Ordnung muss sein, so erklärt Anetta die Störung. Lena bedankt sich, nimmt die Tasche und geht zurück ins Zimmer. Sie hofft, dass Paul noch bei ihr ist. Aber so sehr sie es sich wünscht, Paul ist nicht mehr da. Traurig steigt sie wieder in ihr Bett. Und in Gedanken bestätigt sie sich, dass das eben Erlebte so war. Nur so war es ihnen möglich, sich zu lieben. Die Bedingungen ließen nicht mehr zu.

Lena und Paul hatten ein Studium an derselben Fachschule aufgenommen. Für Paul war der Besuch dieser Schule ein geplanter Schritt auf dem Weg seiner weiteren beruflichen Entwicklung. Lena musste auf Grund ihrer „Verhältnisse" nach dem Abitur sofort mit einem Studium beginnen. Sie hatte sich entschlossen, ihren Berufswunsch von den Möglichkeiten eines sofortigen Studienbeginns abhängig zu machen. Das, was sie eigentlich gern studiert hätte, dauerte vom zeitlichen Umfang gesehen zu lange und war damit nicht akzeptabel. Sie war schon glücklich und dankbar, dass ihre Mutter ihr diesen Bildungsweg ermöglichte. Die Bedingung dafür war, sie musste in kürzester Zeit zu einem Abschluss gelangen. Die finanziellen Verhältnisse ihrer Mutter forderten es. Lena war überzeugt, dass es für sie auf verschiedenen Fachgebieten eine berufliche Entwicklung gibt mit der sie in ihrem Leben glücklich werden könnte. Die Fachschule, die Paul gewählt hatte, bot Lena die Chance, sofort nach dem Abitur mit dem Studium zu beginnen.

Was für ein Glück. Nach ihrem Urlaub, der „Reise ins Glück", sollten sie die Möglichkeit haben, die nächsten vier Jahre gemeinsam zu verbringen. Ein gemeinsames Zimmer, das war ihr großer Traum. Vier Jahre gemeinsam studieren, vier Jahre zusammenleben, das hätte die Basis für ein gemeinsames Leben werden können. Aber solche Wünsche konnten und durften in dieser Zeit nicht erfüllt werden. Beide wohnten bei unterschiedlichen Familien zur Untermiete. Paul durfte grundsätzlich in seinem Zimmer keine Damenbesuche empfangen. Da half auch nicht, dass man sich liebte und sich schwor, für immer zusammenzubleiben. Lenas Vermieterin war ein wenig toleranter. Sie gestattete Paul, wann immer er es wollte, Lena zu besuchen. Aber zweiundzwanzig Uhr hatte er zu gehen.

Wie sollte es mit ihrer Liebe weitergehen? So schön die gemeinsame Woche im Zelt war, ähnlich unbeschwerte Stunden der Liebe waren während des Studiums nicht zu erwarten. Für die Liebe blieb ihnen neben wenig Zeit noch weniger die Gelegenheit. Dennoch liebten sie sich so oft es möglich war. Sie hatten es sich geschworen, dass diese Bedingungen ihre Liebe nur stärker machen würden. Über diesen Gedanken war Lena wieder eingeschlafen.

Als sie am Morgen erwacht, kehren ihre Gedanken an den gestrigen Abend zurück. Sie ist glücklich. Paul war, wenn auch nur kurz, bei ihr. Sie hat ihn seit langer Zeit wieder einmal gefühlt.

Etwas länger bleibt sie im Bett liegen. Der Muskelkater in ihren Beinen verlangt das. Die Tour zu den Rundkirchen hat merklich an ihren Kräften gezehrt. Sie streckt sich lang aus, dehnt sich und kuschelt sich wieder unter ihre Decke. Dann versucht sie, sich an weitere Einzelheiten aus der Zeit ihres gemeinsamen Studiums zu erinnern.

Es war schon so. Ihre Liebe auszuleben, dafür hatten sie wenig Zeit und noch weniger Gelegenheit. Und dabei waren sie so verliebt. Aus ihrer anfänglichen Liebe, die so lange der körperlichen Versuchung standgehalten hatte und der sie dann mit viel Gefühl, Zärtlichkeit und Verlangen erlegen waren, war eine stark verlangende Liebe geworden. Sie wollten sich lieben, so oft es möglich war.

Lena erinnert sich, dass sie in dieser Zeit oft zu ihren Großeltern fuhren. Ihre Großeltern wohnten nicht weit vom Studienort entfernt. Lenas Großmutter schien die Einzige zu sein, die das Verlangen der beiden nach Zweisamkeit nachfühlen konnte. Sie schien aus eigener Erfahrung noch zu wissen, was Liebende möchten, brauchen. Immer wenn Lena und Paul sie besuchten, gestattete sie ihnen, gemeinsam in einem Zimmer zu schlafen. Es waren für Lena und

Paul Nächte der Liebe, Nächte ungestörter zärtlicher Liebkosungen und höchster Glücksgefühle. Noch heute denkt Lena voller Dankbarkeit und Liebe an ihre Großmutter, die sie verstand, mit ihnen fühlte und ihnen die Gelegenheit gab, sich ungestört ihren Gefühlen hinzugeben.

Acht Uhr. Lena hält es nicht länger im Bett aus. Das morgendliche Ritual, der Lauf zum Strand, diktiert ihr eine gewisse Disziplin und bringt ihr zugleich die Frische für den Tag. Auf ihrem Weg von Strand zurück zum Bauernhof sind ihre Gedanken wieder beim gestrigen Abend angekommen. Paul war bei ihr. Sie hatte auf ihn gehofft und gewartet und er war gekommen. Nun weiß Lena, dass er mit ihr auf der Insel ist.

Nach dem sportlichen Tagesbeginn und einem kräftigen Frühstück wird sie den heutigen Tag etwas ruhiger angehen. Es ist an der Zeit, Anetta, Björn und Kaily zu einem Fischessen nach deutscher Art einzuladen. Lena weiß, es wird eine Herausforderung werden, denn keiner kann so gut Fisch zubereiten wie Anetta. Aber sie stellt sich dem Vergleich. Fangfrisch soll der Fisch sein. Sie erinnert sich, dass man den besten Fisch bei den Fischern von Øster Sømarken kaufen kann. Ohne Eile fährt sie zu dem kleinen Hafen an der Südküste. Immer noch in Gedanken an die letzte Nacht, radelt sie entlang saftiger Wiesen und Kornfelder in Richtung Süden. Die Windräder, die Zeugen der neuen Zeit auf der Insel, sind kaum in Bewegung. Ihre riesigen Rotorblätter stehen wie übergroße Sternenblumen in der Landschaft. Es ist ein sonniger, fast heißer Frühsommertag. Die Vögel schwirren durch die Luft. An den Wegrändern rekeln sich unzählige Katzen. Sie genießen ihre frühsommerlichen Freiheiten und haben sich aus den Bauernhöfen zurückgezogen. Sie verbringen die warme Jahreszeit in der freien Natur. Erst wenn die Herbststürme den nahenden Winter ankündigen, ziehen sie sich wieder auf die Bauernhöfe zurück.

Lena steigt vom Fahrrad, schiebt es und lässt sich die wärmende Sonne auf Hände und Gesicht scheinen. Der eine oder andere „Wegelagerer" erhält eine Streicheleinheit und fast alle danken es ihr mit einem lauten vernehmbaren Schnurren. In Øster Sømarken stellt Lena ihr Fahrrad im Fahrradständer neben dem kleinen Laden ab. Sie weiß, dass es in Øster Sømarken gute Möglichkeiten zum Angeln gibt. Sie hat es in den vergangenen Jahren selbst ausprobiert und gute Fangerfolge erzielt. Doch heute wird sie nicht selbst angeln. Heute möchte sie fangfrischen Fisch von den Fischern kaufen. Als sie das Rauschen des Meeres hört, werden ihre Schritte immer schneller. Von der Düne aus kann sie das Meer und die Mole, die den kleinen Hafen umschließt, sehen. Lena möchte die typischen Geräusche, das Geschrei der Möwen, das Geheul des Windes und den Lärm der Kuttermotore hören. Aber es ist still, ungewöhnlich still. Fast alle Liegeplätze im Hafen sind besetzt. Die Kutter sind schon von ihrem morgendlichen Fang zurück. Die Schiffskörper wiegen sich im Wasser. Kein Fischer ist zu sehen. Nur an einem Boot sind noch zwei mit der Bergung des Fangs beschäftigt. Zu viel Zeit hat sie sich für den Weg nach hier gelassen. Sie kann, wenn überhaupt, nur noch an diesem einen Boot die „Babydorsche" kaufen. Damit ist ihr auch die Entscheidung, von welchem Fischer sie den Fisch kaufen wird, abgenommen. Mit einem „God dag" begrüßt sie die mit der Bergung ihres Fangs Beschäftigten. Lena versucht, mit ihren geringen Dänisch-Kenntnissen

„Jeg vil gerne hav torsk" ihre Kaufabsichten kundzutun. Die Fischer lächeln und zucken mit ihren Schultern. Haben sie Lena nicht verstanden? Oder wollten sie sie nicht verstehen? Als das begonnene Gespräch zu keinem Erfolg führt, probiert sie es mit Englisch. Das funktioniert und Lena lässt sich vier, nein sechs, „Babydorsche" einpacken. Zwei Fische sind für die Katzen bestimmt. Der Fischer nimmt die Fische aus. Eine Dienstleistung um die Lena ihn gebeten hat. Dann verschwinden die Fische gut verpackt in ihrer Tasche. Der Preis ist Verhandlungssache. Sie feilscht nicht lange und bezahlt.

Für die Rückkehr zum Bauernhof ist es noch zu früh. Das Fischmahl ist für den späten Nachmittag geplant. Es bleibt

Zeit, noch ein wenig am Strand von Øster Sømarken zu verweilen. Mit einem freundlichen „farvel" verabschiedet sie sich von den Fischern. Gleich hinter dem Hafen führt ein steiler Weg zum Strand. Der Strand ist schmal und feinsandig wie die gesamte Südküste, nur unterbrochen von vielen kleinen Felsbuchten und hoch aufgewehten Dünen. Eine Menge Strandgut, wie Baumstämme, Wurzeln und Granitsteine verschiedener Größe, hat sich im Laufe der Jahre angesammelt. Diese Ablagerungen sind mit Grund dafür, dass die Urlauber nicht so gern diesen Strand aufsuchen. Beliebter ist der unendlich weiße Sandstrand von Dueodde.

Lena steigt den steilen ausgetretenen Weg zum Strand hinab. So weit sie schauen kann, kein Mensch ist zu sehen. In all den Jahren, in denen sie ihren Urlaub auf Bornholm verbrachte, hat sie diesen Flecken wegen seiner Einzigartigkeit und Einsamkeit am meisten geliebt. Immer dann, wenn sie allein sein wollte, war sie hier her gefahren. So auch heute.

Lena setzt sich in den feinen Sand, dicht neben eine Baumwurzel. Die Wurzelarme geben ihr das Gefühl von Geborgenheit. Das sich immer wiederholende Geräusch der Wellen bringt sie zum Träumen. Sie schließt die Augen und lauscht den Geräuschen der Natur. Ab und zu unterbricht das Gekreische der Möwen die Ruhe. Ein ständiger Streit um die freien Plätze auf den aus dem Wasser ragenden Steinen lässt sie nicht zur Ruhe kommen. Außer dem Geschrei der Vögel kein Lärm, kein Knattern von Rasenmähern oder anderen landwirtschaftlichen Maschinen. Weit draußen auf dem Meer zieht langsam ein Schiff vorüber. Es trägt Lenas

Gedanken mit sich fort. Plötzlich hört sie Motorengeräusche. Sie werden immer lauter und kommen immer näher. Es hört sich an wie der Klang eines Motorrades.

Lena sitzt nicht mehr am Strand von Øster Sømarken. Es ist Unterrichtsende und sie verlässt gerade das alte Gebäude ihrer Schule. Unmittelbar vor dem Eingang steht Paul mit seinem Motorrad. Immer wenn er frei hat oder ihre nächsten Verabredung nicht erwarten kann, holt er sie von der Schule ab. Lena ist stolz, dass Paul sich so um sie bemüht. Einen triumphierenden Blick an ihre Mitschüler gerichtet, steigt Lena auf den Sozius der hellgrünen Maschine, klammert sich fest an Paul und ab geht die Fahrt in einen wunderschönen Tag. Sie fahren zu Lena nach Hause. Es ist Mittagszeit und Lena überlegt, wie sie Paul mit einem leckeren Essen verwöhnen kann. Spaghetti mit vagen Kreationen eigener Soßen sind die Gerichte, die Lena am besten gelingen. Es sind die Anfänge ihrer Kochkünste. Später hat sie es zu erstaunlichen Fähigkeiten in der Zubereitung von Speisen gebracht, die sowohl in ihrer Familie als auch bei Freunden sehr beliebt waren und sind. Aber im Gefühl der ersten großen Liebe werden Spaghetti mit Soße für die beiden zur Gourmetspeise. Nach dem Essen ist noch genügend Zeit für Zärtlichkeit. Sie liegen sich in den Armen, herzen und küssen sich und flüstern sich liebe Worte zu. Dann muss Paul wieder an seine Arbeit zurück. Auch Lena hat zu tun. Sie muss Aufgaben für die Schule erledigen. Lena schmeckt Spaghetti mit Soße. Als sie die Köstlichkeit runterschlucken will, wird sie wach. Sie blinzelt in die Sonne und merkt, dass sie nicht neben Paul sitzt, dass sie nicht gemeinsam essen.

Lena sitzt allein am Strand von Øster Sømarken an einer alten vom Wasser glatt geschliffenen Wurzel. Über ihr tragen zwei Möwen einen unerbittlichen Kampf um einen der Steine im Wasser aus.

Hastig steht Lena auf, nimmt die Tasche mit dem Fisch und steigt den engen steilen Weg zur Straße hinauf. Ein Blick auf die Uhr sagt ihr, dass es Zeit ist, zurückzufahren. In dem kleinen Laden unmittelbar am Hafen kauft sie die noch fehlenden Zutaten für das Fischgericht. Dann fährt sie auf direktem Wege zum Bauernhof zurück. Noch während sie das Fahrrad im Unterstand abstellt, haben sich die Katzen um sie versammelt. Ihre feinen Nasen haben den Geruch von Fisch aufgenommen. Sie verfolgen Lena bis in ihre Wohnung. Sie weiß, dass sie die aufdringlichen Mäusefänger erst wieder loswird, wenn sie ihnen etwas von dem Fisch abgibt. Sie beeilt sich, die Fische auszuwickeln, um die für die Katzen bestimmten „Babydorsche" in kleine Häppchen zu zerteilen. In kürzester Zeit sind die Fischhäppchen von den Katzen verzehrt. Ohne zu murren verlassen sie die Wohnung und nehmen ihre Sonnenplätze auf dem Hof wieder ein.

Nun ist es Zeit, mit den Vorbereitungen für das Fischmahl, zu beginnen. Lena legt sich alle Zutaten zurecht, beginnt das Gemüse zu putzen und die Kartoffeln zu schälen. Für siebzehn Uhr hat sie Anetta, Björn und Kaily eingeladen. Es soll ein schmackhaftes Essen werden, nicht nur für ihre Gäste. Sie fühlt, Paul wird dabei sein. Lena ist aufgeregt.

Trotz einiger Gläser Aquavit nach dem Fischessen am Abend, erwacht Lena sehr früh. Sie fühlt sich ausgeruht und hat das Gefühl, dass Paul in der vergangenen Nacht bei ihr war. Erinnern kann sie sich nicht. In bester Laune beginnt sie den Tag, bereit für neue Unternehmungen.

Heute bleibt das Fahrrad im Unterstand stehen. Auch auf den morgendlichen Lauf zum Strand verzichtet sie. Heute wird sie ihre Kondi überprüfen. Sie wird eine längere Strecke laufen. Nein, sie wird sich Zeit nehmen, sie wird joggen und an den schönsten Stellen verweilen. Ziel ist Almindingen.

Almindingen ist das größte Waldgebiet der Insel. Auf zahlreichen Wegen kann man in diesem Gebiet wandern und Rad fahren. Lena möchte diese einzigartige Natur auf ihre Weise erleben. Ihre Trinkflasche und für alle Fälle eine Landkarte verstaut sie in ihrem Rucksack. Gegen neun Uhr verabschiedet sie sich von Anetta, die anfangs nicht glauben kann, was Lena sich vorgenommen hat. „Du bist verrückt", sagt sie und lächelt dabei. Sie kennt Lena und weiß, dass sie das Vorhaben durchaus verkraften kann. Björn kann keinen Kommentar dazu abgeben, denn er ist zu dieser Zeit schon auf der Weide bei seinen Tieren. Es ist die Zeit, in der die Galloways kalben. Seit Lena angekommen ist, sind schon vier Kälber geboren. Sie erfordern Björns ganze Aufmerksamkeit.

Die ersten fünf Kilometer legt Lena in einem zügigen Tempo zurück. Vorbei an Feldern und saftigen

Wiesen. Die Geräusche der Windräder ignoriert sie. Mit ihnen kann sie sich nicht anfreunden. Ihr Brummen, das Geräusch der sich drehenden Rotoren, hat etwas Beängstigendes für sie. Gleich am Beginn des Waldgebietes steht eine Tafel, die auf den höchsten Punkt der Insel, den Rytterknægten, hinweist. Einhundertzweiundsechzig Meter über dem Meeresspiegel steht auf der Tafel. Für kurze Zeit unterbricht Lena ihren Lauf und atmet behaglich die morgendliche Frische des Waldes ein. Dann läuft sie weiter. Schon nach wenigen hundert Metern öffnet sich ein Spaltental, Ekkodalen oder Echotal genannt. Lena ruft in das Spaltental. Zurück kommt kein Echo, nur ein Hall. In den Vorjahren hat sie es auch schon probiert, aber ein Echo hat sie nie gehört. Vielleicht ist es nur eine der vielen Geschichten um Bornholm. Langsam joggt sie weiter, vorbei an dem Monument, das zu Ehren des Almindingen Gründers errichtet wurde, dem die Insel diesen wunderbaren Mischwald in diesem abwechslungsreichen Gebiet zu verdanken hat. Vorbei an Lilleborg und Gamleborg, alte Burganlagen und ehemals Zufluchtsorte der Bornholmer vor Feinden, kleine idyllische Seen und Moore. Das alles gibt dem Gebiet einen besonderen Reiz. Lena kommt beim Anblick dieser märchenhaften Natur ins Träumen. Zeit für eine Pause. Am Bastemose setzt sie sich auf einen von Moos bewachsenen Felsvorsprung, nimmt ihre Trinkflasche aus dem Rucksack und trinkt einen großen Schluck Wasser. Auf der Karte verfolgt sie ihren bisher zurückgelegten Weg. Von weitem nähert sich ein Pärchen. Lena schaut in die hohen Eschen und Buchen, die von Nadelbäumen flankiert werden. Es gibt ihr das Gefühl, als hätte Paul sie in seine Arme genommen. Sie schließt ihre Augen und legt ihre Arme um ihre Schultern.

Lena und Paul sitzen unter einer großen Eiche an dem kleinen Teich in ihrer Stadt. Das Geschnatter der Enten hören sie nicht, auch nicht das Piepsen der kleinen Maus, die hinter ihnen am Felshang versucht, in ihr Mauseloch zu kriechen. Lena hat sich dicht an Paul geschmiegt. Sie halten sich fest an den Händen, ihre Wangen berühren sich. Sie träumen von ihrer Zukunft. Sie sprechen  über das, was sein wird, wenn sie ihr Studium beendet haben. Sie träumen von dem Ort, an dem sie ihr Berufsleben beginnen wollen. Sie träumen vor allem von ihrer Familie, die sie einmal haben werden. Alles ist für sie so klar und ihre Träume scheinen eine große Realität zu haben. Irgendwann werden sie sich das „Ja-Wort" geben. Lena möchte am liebsten sofort Paul ihr „Ja-Wort" geben. Ihre Liebe und das Verlangen, mit ihm immer zusammen zu sein, sind groß. Sie ist sich nicht sicher, ob Paul auch schon bereit ist, ihr dieses Versprechen zu geben. Aber wie ihre Familie einmal aussehen wird, darüber sind sie sich einig. Lena beugt sich ganz dicht an Pauls Gesicht und flüstert ihm etwas in sein Ohr. Paul schaut sie ungläubig an. Was hat sie ihm gesagt? Fünf kleine

Rotzige möchten sie zusammen haben. „Rotzig", so nennt Lena Paul, wenn sie besonders lieb zu ihm sein möchte. Paul kann sich, obwohl er anfangs erschrocken ist, an diesen Gedanken gewöhnen. Es fallen ihm keine „aber" ein. Sie einigen sich auf die Zahl fünf. Fünfmal höchstes Glück in ihrer Liebe. Fünfmal ein Baby ihrer großen Liebe. Ja, so soll es sein. Lena jubelt. Sie klammert sich an Paul und der wirbelt sie durch die Luft. Damit ist ihre Familienplanung besiegelt. Lena spürt einen Druck auf ihren Lippen. Küsst Paul sie? Nein, es ist eine Sinnestäuschung. Sie sitzt allein unter dem grünen Laubdach von Almindingen.

Das Pärchen ist näher gekommen. Eng umschlungen, ohne von Lena überhaupt Notiz zu nehmen, gehen sie an ihr vorbei. Lena glaubt zu wissen, was die beiden fühlen. Als sie die zwei nicht mehr sehen kann, gehen ihre Gedanken zu ihrem Tagtraum zurück. Fünf Kindern wollte sie das Leben schenken. Nur zwei hat sie geboren. Für mehr hat die Liebe mit Robert nicht gereicht. Sicher hätten Robert und sie noch mehr Kinder haben können. Aber Lena ist kompromisslos. Ihre Kinder sollten das Ergebnis großer gegenseitiger Liebe und Achtung sein. Aber die große Liebe hat es zwischen Robert und ihr, wenn überhaupt, nur eine kurze Zeit gegeben. Wäre sie mit Paul zusammengeblieben, sie hätten fünf wunderbare Kinder. Da ist sie sich sicher.

Nachdenklich, fast traurig darüber, was ihr versagt geblieben ist, findet Lena nach und nach in die Wirklichkeit zurück. Sie steht auf und setzt ihren Weg durch das Waldgebiet fort. Sie muss diese Traurigkeit überwinden. Beim Laufen gelingt ihr das am besten. Im flotten Tempo läuft sie bis Dyrskueplads Travbane, der Trabrennbahn. Die liegt mitten in Almindingen. Heute ist kein Renntag, aber das besondere Flair dieser Rennbahn ist zu spüren. Nicht nur die Rennen sorgen für Spannung, das gesamt Drumherum, das Wettgehabe, das Picknick der Besucher machen den Renntag in Travbane zu einem kulturellen und sportlichen Höhepunkt auf der Insel. Doch heute ist Ruhetag.

Die Sonne hat ihren Höchststand schon überschritten und Lena beschließt umzukehren. Die Erinnerungen an Paul bewegen sie zu sehr. Nach etwa dreißig Kilometern Lauf und Spaziergang ist sie wieder auf dem Bauernhof zurück. Der Lauf hat sie nicht besonders angestrengt, ihre Kondi gab ihn her. Dennoch fühlt sie sich müde. Nicht körperlich, ihre Gedanken sind müde. Ach, gäbe es doch ein Wiedersehen mit Paul. Ein richtiges Wiedersehen und keines in einem Tagtraum. Sie möchte wissen, wie seine Familienplanung verlaufen ist und noch vieles mehr über ihn erfahren.

Der Hund, der ihr wie an allen Tagen schwanzwedelnd entgegenkommt und auf eine Streicheleinheit hofft, geht heute leer aus. Fast teilnahmslos geht Lena in ihre Wohnung. Sie möchte nur eins – sie möchte auf andere Gedanken kommen. Sie sucht Ablenkung. Aber wie? Zum ersten Mal, seit sie auf Bornholm ist, schaltet sie das Fernsehgerät an. Der Apparat gibt nur einen Sender her und der sendet in dänischer Sprache. Lena lässt trotzdem das Gerät laufen und verfolgt die Sendung so gut sie kann. Es geht um erneuerbare Energien. Die großen energiewirtschaftlichen Veränderungen werden auch um die Insel keinen Bogen machen können. Das weiß sie und doch wünscht sie sich, dass die Insel ihre eigene Entwicklung behält. Spät am Abend, als Lena nicht mehr gegen die Müdigkeit ankommt, geht sie schlafen. Die Erinnerungen an ein gemeinsames Familienglück mit Paul haben ihr einmal mehr ihre ausweglose Situation im Zusammenleben mit Robert bewusst gemacht.

Der Urlaub ist fast zu Ende. Lena entschließt sich, doch noch durch die Paradieshügel – Paradisbakkerne – zu wandern. Nach dem morgendlichen Lauf zum Strand und dem sich anschließenden Frühstück packt sie ihren Rucksack, holt ihr Fahrrad aus dem Unterstand und fährt in Richtung Nordwesten.

Paradisbakkerne ist neben dem Almindingen das zweitgrößte Wandergebiet im Bornholmer Binnenland. Lena parkt ihr Fahrrad auf einem der Parkplätze am Rande der Paradieshügel. Sie orientiert sich an den vorgegebenen Wanderwegen. Sie tut das, weil sie weiß, dass Paradisbakkerne ein unübersichtliches Terrain ist. Das Gebiet hat eine Ausdehnung von mehreren Kilometern. Wald, Seen, Spaltentäler, Heideflächen und saftige Wiesen wechseln sich ab. Man kann sich leicht verlaufen.

Der Parkplatz ist spärlich belegt. Lena schlussfolgert, dass wenige Wanderer im Gebiet unterwegs sind, es kann ihr nur recht sein. Nach wenigen Metern trifft sie auf einen großen eiszeitlichen Findling, den Rokkestenen. Den Stein kann man durch langsames und regelmäßiges Drücken zum Wackeln bringen, sagt man. Lena verzichtet auf den Versuch, den Stein zu bewegen. In diesem Moment kommt eine Gruppe junger Menschen, es könnten Schüler sein, die mit gemeinsamer Kraftanstrengung versuchen, die Wackelfähigkeit des Steines zu prüfen. Sie haben ihren Spaß bei der Krafterprobung.

Lena ist amüsiert, geht aber weiter. Mit Paul allein möchte sie die Ruhe in dieser einmaligen Natur erleben. Ihr Weg führt entlang an Viehweiden. Den weidenden Rindern sieht man an, dass sie sich auf diesen saftigen Wiesen wohlfühlen. Lena muss mehrere Zauntüren, die den Tieren die Wege in die Spaltentäler versperren, passieren. Nach etwa einer Stunde hat sie den höchsten Punkt von Paradisbakkerne erreicht. Einhundertdreizehn Meter über dem Meeresboden steht auf dem Schild. Im Dänischen heißt dieser Punkt „Midterpilt". Es ist eine Warte aus aufgeworfenen Steinen, die früher als Wegweiser durch dieses Gebiet diente. Für Lena ist es Zeit, eine Pause einzulegen. An der höchsten Stelle von Paradisbakkerne steht eine Bank, auf der möchte sie sich ausruhen. Von hier aus kann man auf einen kleinen See blicken. Ein See – märchenhaft – eingebettet in Uferpflanzen, Sträucher und Bäume. Das Quaken der Frösche lädt zum Träumen ein. Lena stärkt sich mit einem Schluck aus der Trinkflasche und gibt sich dann ganz der Ruhe und Einzigartigkeit dieses Gebietes hin.

Dicht neben dem See ist aus Strauchwerk und Schilf ein Zelt gewachsen. Erinnerungen kommen auf.

Während ihrer Studienzeit sind sie oft zelten gefahren; Paul, sie und Freunde. An den Wochenenden waren sie oft unterwegs. Sie besuchten Sportveranstaltungen oder erholten sich an einer Talsperre in der Nähe ihres Studienortes. Lena schließt die Augen und der See in Paradisbakkerne wird zur Talsperre. Paul und die Freunde sind gerade mit dem Aufbau der Zelte fertig. Lena versucht, das Gepäck platzsparend zu verstauen. Sie und Paul sind glücklich wieder einmal ein gemeinsames Wochenende zusammen sein zu können. Auch wenn sie nicht allein sein können, so können sie doch wenigstens das Wochenende zusammen sein. Nach einem einfachen, aber von allem als köstlich empfundenen Abendessen, ziehen sie sich in ihre Zelte zurück. Der Nachmittag mit den übermütigen Wasserspielen, dem Schwimmen und den Ballspielen an Land, hat alle müde gemacht. Lena und Paul schlafen mit noch zwei Freunden, Klaus und Rolf, in einem Zelt; eine Möglichkeit, sich aneinander zu schmiegen, den anderen zu fühlen. In der Nacht verirrt sich Lenas Arm. Er landet auf dem Oberkörper von Klaus. Sie umarmt ihn im Schlaf.

Als Lena am Morgen erwacht, merkt sie zuerst gar nicht, dass sie sich in der Nacht Klaus zugewandt und ihn umarmt hat. Sie spürt eine angenehme Wärme und Wohligkeit; prickelnd, anders als sie ihr Zusammensein mit Paul in der letzten Zeit gespürt hat. Paul hat bemerkt, dass sich Lenas Arm im Schlaf verirrt hat. Aber er sieht es als ein Versehen an und misst dem keinerlei Bedeutung zu. Klaus indessen genießt in seinem Innersten die von Lena nicht beabsichtigte, aber geschehene Umarmung. Er deutet es als ein Zeichen von Lenas Zuneigung und sieht ihre Umarmung als den Beginn einer Beziehung zwischen ihnen beiden. Lena weiß nicht, warum sie diese Situation ungeklärt im Raum stehen lässt. Sie weiß nicht, warum sie sich bereit fühlt, mit Klaus eine Liebelei zu beginnen. Paul sieht zu, ohne etwas dagegen zu tun. Ein Schmetterling fliegt dicht an Lenas Augen vorbei.

Sie blinzelt. Ein Schmetterling – welch ein Hohn. Sie ist wieder in der Gegenwart angekommen.

Aber wie ging es mit Paul und ihr weiter? Es war der Beginn vom Ende ihrer Liebe. Paul hatte zu dieser Zeit große gesundheitliche Probleme, von denen er Lena nichts erzählt hatte. Er fühlte sich vom Studium überfordert. Der wahre Grund, so sieht es Lena heute, war der ständige Druck seiner Mutter, den „guten Verhältnissen" seiner Familie in jeder Weise gerecht zu werden. Lena ist überzeugt, dass dies auch der wahre Grund war, weshalb Paul sein Studium vorzeitig beendet hat.

An diesem Wochenende an der Talsperre, als sich ihr Arm verirrte, hatte sie das erste Mal Zweifel an ihrer Liebe zu Paul. An der Liebe, die sie sich beide auf ewig geschworen hatten. In der folgenden Zeit zog sich Paul, zuerst kaum spürbar, immer mehr von Lena zurück. Er war über Lenas Verhalten tief gekränkt. Zu einem Gespräch, wie es mit ihnen weitergehen soll, kam es nie. Und Lena kannte Pauls Probleme nicht. In dieser Zeit wurde Lena erstmalig auch die Ablehnung Pauls Mutter ihr gegenüber bewusst. Dass Paul den Studienort verlassen hatte und zu seiner Familie zurückgekehrt war, sie räumlich weit voneinander lebten, machte ihr die Trennung von Paul leichter. Mit dem vorzeitigen Ende von Pauls Studium fand ihre einstmals so große Liebe ein jähes Ende.

Die Liebelei mit Klaus dauerte nicht lange. Das Verhältnis mit Klaus war nur eine Episode, vielleicht auch nur ein kurzes Versehen. Aber nun war Paul für Lena unerreichbar weit weg. Alle Versuche, mit ihm zu reden, kamen nicht zustande. Pauls Mutter verstand es, Lenas Versuche Paul wiederzusehen, zu unterbinden. Sie hatte begonnen, sich um die Frau für Paul, die Schwiegertochter mit den „passenden Verhältnissen", zu bemühen. Lena sah keine Möglichkeit, wieder mit Paul zusammenzukommen. Sie beendete ihr Studium, lernte Robert kennen und begann ihr Leben aufzubauen. Ein Leben das ihr viel Schönes geboten, aber das Wichtigste, die große Liebe nie gebracht hat. Paul blieb in ihrem Leben immer in ihren Gedanken lebendig.

Der Lärm der Schulklasse, die bereits versucht hatte, den Wackelstein zu bewegen, reißt Lena aus ihren Gedanken. Bei den letzten Gedanken an Paul kann sie die Tränen nicht mehr zurückhalten. So erfolgreich und erfüllt ihr Leben bisher war, in Sachen Liebe ist sie die ewig Suchende geblieben. Sehr bedächtig, fast schleppend, erhebt sie sich von der Bank und wandert weiter. Immer mit den Gedanken Paul möge sich ihr in einen Tagtraum zeigen. Sie möchte ihn spüren. Sie möchte ihm erzählen, wie ihr Leben weiterging, nachdem sie sich getrennt hatten. Aber der Wunsch erfüllt sich nicht. Ein anderer Wunsch wird immer stärker. Es ist der Wunsch, Paul wiederzusehen, dafür ist sie bereit, alles zu geben.

Nach wenigen Schritten hat sie die Gamleborg, eine Fluchtburg aus früheren Zeiten, erreicht. Dieses geschichtliche Rudiment hat nun ihre ganze Aufmerksamkeit. Lena würde auch gern vor der Wirklichkeit flüchten. Aber ohne Paul?

Über eine große Weide, auf der eine Schafherde das von den Rindern verschmähte Gras abweidet, gelangt Lena wieder an den Parkplatz, auf dem sie ihr Fahrrad abgestellt hat. Sie hat es nicht eilig, in die Ferienwohnung zu radeln. Aber an diesem Tag hat sie eine Traurigkeit erreicht, die es ihr verbietet, sich an der einmaligen Schönheit der Insel zu erfreuen. Zu Hause angekommen winkt sie Anetta, die auf dem Hof beschäftigt ist, nur kurz zu. Sie möchte kein Gespräch. Sie möchte alleine sein. Immer wiederkehrende Fragen: „Warum habe ich so leichtfertig meine Liebe zu Paul aufgegeben? oder „Warum hat Paul so schnell meine Hand losgelassen?" beschäftigen sie den ganzen restlichen Tag. Es sind Fragen, auf die sie vielleicht in ihrem Leben nie mehr einen Antwort bekommen wird.

Die Tage auf Bornholm sind schnell vergangen. Viel zu schnell für Lena. Sie hat in ihrer Zwiesprache mit Paul das Glück finden wollen, aber es ist ihr nicht gelungen, mit Paul Frieden zu schließen oder ihn in der Vergangenheit zurückzulassen. Lena weiß nicht, was sie tun soll. Ihre erste Liebe lässt sie nicht zur Ruhe kommen.

Immer wenn Lena Pläne für die Zukunft schmieden möchte und sie fühlt noch eine lange Zukunft vor sich, immer in diesen Momenten erscheint Paul in ihren Tagträumen und immer ist sie bereit, ihre Entscheidung für ihn zu treffen. Sie ist entschlossen, ihr Leben grundsätzlich zu verändern. Veränderungen zeigen neue Möglichkeiten auf und sie möchte sie ausprobieren. Ihren Aufenthalt auf Bornholm wird sie wohl oder übel mit dieser Ungewissheit zu Ende bringen müssen.

Heute, an ihrem letzten Tag auf der Insel, steht eine Inselrundfahrt mit dem Auto auf ihrem Programm. Möglicherweise ist es ihr letzter Besuch auf der von ihr geliebten Insel. Sie fühlt so etwas wie Abschied. Und so hat sie den Wunsch, noch einmal viele Orte aufsuchen, an denen sie sich entspannte, an denen sie ungestört ihren Erinnerungen nachgehen konnte und wo sie ihre besonderen Begegnungen mit Paul hatte. Aber auch die Orte, an denen sie die Herzlichkeit der Inselbewohner gespürt und erlebt hat.

Anetta ist verwundert, dass Lena heute ohne ihren morgendlichen Lauf zum Strand, den Hof mit dem Auto verlässt.

Beide winken sich zu. Der Hund hebt träge seinen Kopf und schaut Lena an. „Lena, du wirst die Insel nie vergessen können" scheint er ihr sagen zu wollen. Lena blinzelt zurück, was so viel wie – na, wir werden es sehen – bedeuten soll. Nicht sehr schwungvoll, eher nachdenklich, steigt sie in ihr Auto ein. Es kündigt sich ein Abschied an. Zuerst fährt sie an den Strand, an dem sie sich jeden Morgen die Frische und Ausdauer für den Tag geholt hat. Lena bückt sich und ihre Hand greift in den feinkörnigen Sand. Sie lässt ihn langsam durch ihre Finger rinnen. Dabei gleitet ihr Blick über das Wasser. Er verliert sich an der Stelle, an der Himmel und Meer scheinbar zusammenstoßen. Kein Schiff ist zu sehen. Der Strand ist menschenleer. Lena greift erneut in den Sand. Diesmal lässt sie ihn nicht durch ihre Finger rieseln. Sie füllt ihn in eine kleine Tüte, die sie in ihrer Tasche verstaut. Langsam geht sie zum Auto zurück. Noch einige Zeit verweilen. Und immer wieder sieht sie auf das an diesem Morgen so ruhige Meer. Dann setzt sie ihre Fahrt in Richtung Norden fort. Sie fährt an den Ort, von dem aus die Schiffe nach den Ertholmene, den Erbseninseln auslaufen. In den vergangenen Jahren ist sie bei ihren Besuchen auf der Insel immer nach Christiansø gefahren. Nachdem sie das Auto geparkt hat, geht sie sofort zum Hafen. Die vielen Menschen lassen vermuten, dass in wenigen Minuten das morgendliche Schiff auf die Erbseninseln ablegen wird. Mit einem tiefen Ton aus der Schiffssirene verabschiedet sich das Schiff, dem ihre Gedanken wie die vielen hungrigen Möwen folgen. In ihren Gedanken sieht sie den kleinen engen Hafen, der geschützt zwischen den beiden größten Inseln der Ertholmene, Christiansø und Frederiksø, liegt. Wie gern wäre sie in dieser Woche mit Paul dorthin gefahren. An diesem Ort der Ruhe und Einsamkeit wäre es ihr bestimmt leichter gefallen, über Veränderungen in ihrem Leben nachzudenken. Sie ist sich gewiss, Paul wäre dabei gewesen und hätte ihre Entscheidung, gleich wie sie ausgefallen wäre, akzeptiert. Ein zweiter langanhaltender Ton der Schiffssirene reißt Lena aus ihren Gedanken. Sie muss weiter. Auf dem Weg zum Auto tritt sie auf einen festen Gegenstand. Es ist eine Muschel, eine sehr große, eine, wie sie sie bisher auf der Insel noch nie gesehen hat. Lena hebt diese prächtige weiß-rosé schimmernde Muschel auf. Ihre Finger streichen behutsam über die Schale des längst vergangenen Meerestieres, dann wandert die Muschel in ihre Tasche. Will sich die Insel auf diese Weise von ihr verabschieden?

Es ist Mittag. Lena verspürt Hunger. Bis zur bekanntesten Fischräucherei der Insel ist es mit dem Auto nicht weit. Der Andrang der Urlauber in der Räucherei ist mäßig und da sich das Wetter von seiner schönsten vorsommerlichen Seite zeigt, wird sie ihren „Abschiedsbornholmer" im Freien essen. Es ist Bücklingszeit auf Bornholm. Der Geruch, von den über der Glut von Schwarzerlenholz geräucherten Heringen, beherrscht den ganzen Ort. Der salzige Geruch des Meeres hat hier keine Chance. Genüsslich isst Lena den Räucherfisch. Von ihrem Platz aus kann sie die Frauen in der gegenüberliegenden Glasbläserei bei ihrer Arbeit beobachten. Sie sieht, wie aus einem unscheinbaren

Glasklumpen durch die handwerklichen Fähigkeiten der Glasbläserinnen eine wunderbare Vase geformt wird. Lena überlegt. Eine Vase wäre ein treffendes Erinnerungsstück von der Insel. Als sie den „Bornholmer" mit größtem Genuss verzehrt hat, besucht sie die Glasbläserei auf der gegenüberliegenden Seite des Platzes. Sie nimmt eine der in ihren Formen und Farben fast exotisch anmutenden Vasen aus dem Regal. Als sie die Vase in ihren Händen hält, fühlt sie die Glattheit und Kühle des Glases. Die Wärme, die sie glaubte zu spüren, als die Glasbläserin die Vase formte, ist aus dem Gefäß gewichen. Lena stellt die Vase ins Regal zurück und verzichtet auf den Kauf.

Die Zeiger an der Kirchturmuhr mahnen zum Aufbruch. Die nächste Station auf der Inselabschiedstour ist die nördlichste Stelle von Bornholm, der Hammerknuden. In Allinge, eine der ältesten Städte der Insel, parkt Lena das Auto neben der großen Wachsgießerei. Sie möchte den Weg zum Hammerknuden zu Fuß gehen. Als sie aus dem Auto steigt, merkt sie, dass sich das Wetter verändert hat. Das Meer ist rauer geworden. Die Wellen, die sich am Ufer brechen, tragen gewaltige Gischtkronen. Lena zieht ihre Jacke an und bindet sich einen Schal um den Hals. Auf dem Küstenpfad, einem der schönsten Wanderwege der Insel, wandert sie zum Hammerknuden. Es ist der größte Rundfelsen der Insel. Im Norden, wo die Insel steil und stark zerklüftet ist, spürt man besonders die Faszination des Meeres. Der Wind weht kräftig und wirbelt ihre Frisur durcheinander. Die langen Haarsträhnen beeinträchtigen ihren Blick auf das Meer. Lena nimmt es hin, denn ihre Augen nehmen all die Schönheiten, die die Natur auf diesem Weg zu bieten hat, wahr, aber ihre Gedanken sind weit weg. Sie hat auf ihrem Weg oft das Gefühl, dass Paul ihr ganz nahe ist. Manchmal glaubt sie, seinen Arm auf ihrer Schulter zu spüren. Aber dann fühlt sie sich auch wieder so allein. Immer wieder gehen ihre Gedanken in die Zukunft. Wie soll es, wenn sie wieder zu Hause ist, weitergehen? Wie will sie künftig mit Robert zusammenleben? Lena ist noch nicht bereit, sich darauf eine Antwort zu geben.

Nach fast zwei Stunden hat sie den äußersten Zipfel des Granitmassivs, den Hammerknuden, erreicht. Der Wind scheint seinen Kampf gegen die Sonne verloren zu haben. Als sie die ersten Schritte auf das glatte und kahle Granitmassiv macht, empfängt sie eine ungewöhnliche Wärme. Das Blau des nun fast wolkenlosen Himmels spiegelt sich im Meer. Nur leicht kräuseln die Wellen das Wasser. Ihr Blick geht in Richtung Nordwest. Sie weiß, nach Schweden sind es von dieser Stelle aus nur wenige Kilometer und sie glaubt, die Umrisse der schwedischen Küste im Dunst am Horizont zu erkennen. Ein abgespaltener Granitbrocken, von der Sonne aufgeheizt, bietet sich als Sitzgelegenheit an. Die angenehme Wärme der Sonne gibt ihr ein Gefühl von Geborgenheit. Sie hat nur Gedanken für den Augenblick. Das Zeitgefühl ist ihr verloren gegangen. Lena weiß nicht, wie lange sie auf dem Stein gesessen hat. Die nun dunkelrot in der untergehenden Sonne funkelnden Granitsteine sagen ihr, dass der Tag zu Ende geht. Sie muss zurück. Beim Aufstehen stößt sie mit ihrem Schuh an einen faustgroßen Granitstein. Lena bückt sich und hebt ihn auf. Sie möchte ihn als Erinnerung von der Insel mit nach Hause nehmen. Auf dem Weg zurück zum Auto hat sie nur noch Augen für die Natur. Kleinste Blüten, langsam durch den Sand kriechende Käfer und das noch frische grüne Laub der Bäume haben ihre ganze Aufmerksamkeit. Sie gibt sich mit all ihren Gefühlen dieser malerischen Landschaft hin. Auf dem Parkplatz angekommen stellt, Lena fest, dass sich das Innere des Wagens in der Sonne erheblich aufgeheizt hat. Ehe sie weiterfahren kann, muss der Innenraum wieder auf erträgliche Temperaturen gebracht werden. Weit öffnet sie die Wagentüren,  damit der leichte Wind, der vom Meer her weht, Kühle in das Innere des Wagens fächeln kann. Sie wird die Zeit nutzen, der Kerzengießerei, unmittelbar neben dem Parkplatz, einen Besuch abzustatten. Der Laden bietet eine unglaubliche Menge unterschiedlicher Kerzen. Kerzen in allen Farben, Formen und Größen machen ihr die Entscheidung schwer. Sie braucht einige Zeit für die Auswahl. Zwei Kerzenhalter und einige sehr originelle Servietten wandern neben einer beachtlichen Zahl unterschiedlichster Kerzen in ihren Einkaufskorb. Der Einkauf ist umfangreicher als beabsichtigt ausgefallen. Mit einer riesigen Tüte voller herrlicher Erinnerungen an die Insel geht Lena zurück zum Auto. Ein letzter Blick auf die idyllisch am Meer gelegene kleine Stadt. Dann ein Blick auf die Uhr. Es ist schon spät. Sie muss weiter. Heute, an ihrem letzten Abend auf Bornholm, hat sie eine Verabredung mit Anetta und Björn. Den Abschied von Rønne hebt sie sich für morgen auf. Von der Bereitstellung der Fahrzeuge im Hafen bis zum Auslaufen der Fähre bleibt ihr genügend Zeit, der größten Stadt der Insel ihre Aufwartung zu machen.

Kurz bevor die Straße zum Bauernhof abbiegt, bemerkt Lena ein Schild. „Bornholmer Keramik" steht darauf. Sie ist schon oft an dem Schild vorbeigekommen, aber es ist ihr bisher nicht besonders aufgefallen. Der Besuch dieser Werkstatt und Galerie wäre ein guter Abschluss ihrer Inselrundfahrt. Am Straßenrand stellt sie das Auto ab und betritt das einladende Haus mit seinem mächtigen Reetdach. In den Ausstellungsräumen sind neben Gefäßen und Skulpturen aus Keramik auch Bilder in verschiedenen Maltechniken zu bewundern. Viele der auf den Bildern gemalten Orte kennt Lena. Sie überlegt. Ist vielleicht ein Bild die richtige Erinnerung an die Insel? Lena kann sich nicht entscheiden. Plötzlich spürt sie einen leichten Druck an ihrem Arm. „Lena, neben dem Springbrunnen am Eingang der Galerie steht eine sehr schöne Keramikskulptur", Lena glaubt, Paul zu hören. Und tatsächlich, am Eingang zur Galerie entdeckt sie einen etwa vierzig Zentimeter großen Baum aus Keramik. Ein wunderschöner Baum, gefertigt aus Ton, verfeinert und gestaltet von einem Künstler, der mit der Insel eins war, als er dieses Kunstwerk schuf. In dem Laubwerk sind Vögel und Insekten versteckt, an seinem Stamm ranken sich zarte Blüten. Er ist fest verwurzelt in einem dunkelroten Felsstück. Ja, dieses Kunstwerk vereint die Schönheit der Insel in sich. Der Töpfer in der Werkstatt schaut Lena verwundert an und lächelt. Leise, aber doch so laut, dass der Töpfer es hören konnte, hatte sie „Danke Paul" geantwortet. Nun muss auch sie schmunzeln. Es ist fast ein Lachen, ein glückliches Lachen. Ja, sie hat es in dieser Woche immer wieder gespürt, dass Paul bei ihr ist.

Lena tut dem Töpfer ihren Kaufwunsch kund. Ohne über den Preis zu verhandeln, wechselt das Kunstwerk seinen Besitzer. Sie ist überwältigt von der Schönheit des Baumes. Zu Hause wird er die Erinnerungen an Bornholm wachhalten. Und Paul hat ihn ausgesucht. Es ist schon spät, als Lena den Bauernhof erreicht. Anetta und Björn erwarten sie bereits. Wie auch in den vergangenen Jahren, werden sie bei einem Gläschen Aquavit Abschied nehmen. Anetta hat Fisch gekocht und ihre Kochkünste unter Beweis gestellt. Lena ist überzeugt, dass kein Sternekoch in der Lage ist, ein annähernd gleichwertiges schmackhaftes Fischgericht zuzubereiten. Mit diesem köstlichen „Fisch zu Viert" wollen sie Lena „favel" sagen. Selbst Kaily hat ihre große Liebe für kurze Zeit verlassen, um Lena „Auf Wiedersehen" zu sagen. Es wird nicht viel geredet. Es ist Abschiedsstimmung und nach dem Essen will auf beiden Seiten kein fröhliches und ungezwungenes Gespräch aufkommen. Sie tauschen sich gegenseitig Wünsche für die Zukunft aus und sprechen über mögliche Besuche im kommenden Jahr. Lena nickt, obwohl sie weiß, dass es wahrscheinlich keine Besuche in den kommenden Jahren mehr geben wird. Aber sie schweigt dazu. Es ist schon spät, als sie sich schlafen legt, aber genügend Zeit für Gedanken an Paul. Sie hofft, dass er in dieser letzten Nacht noch einmal zu ihr kommt. Dann schläft sie ein.

Am Abreisetag. Lena ist schon früh auf den Beinen. Sie hat letzte Nacht vergeblich auf Paul gewartet. Aber vielleicht hat sie seine Anwesenheit auch nur verschlafen, denn die gestrige Reise über die Insel, die lange Wanderung und die vielen Eindrücke der Rundfahrt, hatten sie sehr ermüdet. Und immer war ein Abschiedsgedanke mit dabei.

Anetta und Björn machen sich schon sehr früh auf dem Hof zu schaffen. Als sie merken, dass Lena aufgestanden ist, ist Björn zu Stelle. Er hilft ihr, das Fahrrad im Auto zu verstauen. Auch die anderen Taschen, Tüten und Beutel, die Lena schon gestern Abend gepackt hat, finden im Auto ihren Platz. Nur ihre Laufsachen hängen noch an der Garderobe. Sie will ein letztes Mal zum Meer laufen.

Am Strand ist sie wie an den vergangenen Tagen allein. Die Feriengäste liegen zu dieser Zeit noch in ihren Betten und die Fischer sind längst mit ihren Booten auf dem Meer. Ein letztes Mal atmet sie die frische Morgenluft ein. Die reine, klare Luft brennt in ihrer Lunge. Aber vielleicht ist es der Abschiedsschmerz, der Lena so weh tut. Mit ihren Zehen bohrt sie im feuchten Sand. Ihre Blicke verfolgen ein am Horizont vorbeiziehendes Schiff. Es ist eine friedliche Idylle, wie sie sie in den letzten Tagen oft erlebt hat. Ach, könnte doch Paul bei ihr sein. Ihre Sehnsucht nach ihm ist groß. So sehr sie hofft, es sich wünscht, dass er sich ihr zu erkennen gibt, sie bleibt allein. Lena schaut auf die Uhr. Es ist höchste Zeit, zum Hof zurückzulaufen. Die Kilometer zum Strand und zurück bereiten ihr keine Probleme mehr. In der letzten Woche hat sie eine Menge für ihre Kondi getan. Und so läuft sie ziemlich flott zurück.

Heute nun fährt sie wieder nach Hause. Sie hat schöne Tagträume mit Paul erlebt, glückliche Stunden mit ihm verbracht und sie waren in ihren Gedanken fast immer zusammen. Sie hat die schöne Zeit ihrer gemeinsamen ersten Liebe mit ihm noch einmal erlebt. Sie hat aber auch den Schmerz ihrer Trennung noch einmal erleben müssen. Lena weiß nun, dass sie bald über ihre Zukunft entscheiden muss. Dann geht alles sehr schnell. Die Verabschiedung von Anetta, Björn und Kaily ist herzlich und kurz. Der Hund wird von Lena noch einmal am Hals gekrault. Von den Katzen kann sie sich nur mit einem Augenzwinkern verabschieden. Jeden einzelnen Mäusefänger adieu zu sagen, würde ihre Abreise erheblich verzögern. Nur etwa eine halbe Stunde dauert die Fahrt nach Rønne. Der Verkehr ist reger als an den anderen Tagen. Es ist eines der Wochenenden, an denen die Urlauber die Insel verlassen oder ankommen. An solchen Tagen bricht über Bornholm ein wahres Verkehrschaos herein. Lenas Konzentration auf den Verkehr ist gefordert. Auf dem Bereitstellungsplatz im Hafen von Rønne parkt sie ihr Auto auf dem zugewiesenen Platz. Dann steigt sie aus, verriegelt die Türen und verlässt den Fährhafen. Bis zum Beladen der Fähre sind es noch mehr als zwei Stunden. Diese Zeit möchte Lena für einen Spaziergang durch Rønne nutzen. Der endgültige Abschied von der Insel.

Sie schlendert vom Hafen in Richtung Zentrum. Von der Hauptstraße aus biegt sie in eine kleine Seitenstraße ein. Die alten Straßen in Rønne sind mit Kopfsteinpflaster belegt, selbstverständlich aus Granit – ein schöner Anblick. Lena geht durch die Straße mit dem seltsamen Namen „Vimmelskaftet", was so viel wie Handbohrer heißt. Der kantige Verlauf der Straße, der in der Form einem alten Handbohrer ähnelt, hat ihr diesen Namen gegeben. Sie ist eine der bekanntesten Straße der Insel. In ihr stehen die hübschesten und buntesten Häuser von Bornholm und auch das kleinste Haus. Ein Gefach mit einem Fenster, eine kleine Tür mit einer Holztreppe, das ist alles. Lena bleibt vor diesem märchenhaft anmutenden Haus stehen. Gegenüber am Haus steht eine Bank. Sie überlegt.

Der Besitzer wird es ihr nicht übelnehmen, wenn sie sich ein wenig auf dieser Bank ausruht. Es ist noch sehr früh

Rønne vimmelskaftet

am Tag und für die Bornholmer noch keine Ausruhzeit. Die sitzen erst am Nachmittag und Abend vor ihren Häusern und schauen dem Treiben der Feriengäste zu oder genießen einfach nur ihren Feierabend. Lena setzt sich, schlägt die Beine übereinander und sieht in Gedanken, wie an den Häusern sich üppig prächtige Stockrosen in allen Farben bis zur Dachrinne reichend, ranken. Noch sind die Pflanzen so klein, dass man sie kaum wahrnimmt. Etwas weiter entfernt streicht ein Anwohner sein Haus. Es ist ein alter Brauch, die Häuser alle Jahre zu Pfingsten neu zu streichen. Wer es bis Pfingsten nicht schafft, der hat dafür das restliche Jahr auch noch genügend Zeit. Das ist auch ein Grund, weshalb die Insel so einen gepflegten Eindruck macht. Mit einem Stupser wird Lena aus ihren Gedanken gerissen. „Lena mach bitte Platz, ich möchte mich zu dir setzen", haucht es in ihr Ohr. Es ist Paul. Ein Lächeln huscht über ihr Gesicht. Am liebsten möchte sie ihn umarmen und fest an sich drücken. Aber sie weiß, wenn sie das tut, ist der Tagtraum zu Ende.

Ganz sachte tastet sie nach Pauls Hand. Sie glaubt sie zu spüren. Sanft berühren sich ihre Hände. Nicht zu fest, damit sie weiter träumen kann. Lena zögert, Paul anzusprechen. Sie möchte nicht, dass der Tagtraum, noch ehe er begonnen hat, zu Ende ist. Wie lange Lena schon auf dieser Bank sitzt, weiß sie nicht, als sie leise seine Stimme hört: „Lena, ich kann Dir verzeihen. Ich liebe Dich noch immer. Ich möchte mit Dir zusammen sein". Lena kann das, was sie hört, kaum glauben. Ihre Wangen glühen und sie antwortet: „Paul, Paul komm in mein Leben zurück". Noch während sie diese Worte spricht, hört sie Pauls Stimme erneut, leiser als vorher: „Aber leider kann ich nicht zu Dir kommen, ich ...". Eine Fahrradklingel verschlingt durch ihren schrillen Ton die letzten Worte. Lena möchte Paul fragen, was er ihr gesagt hat, was er ihr sagen wollte. Doch sie spürt, dass Paul nicht mehr neben ihr auf der Bank sitzt. Vor wenigen Augenblicken war sie so glücklich und nun ist sie enttäuscht. Sie ist unendlich traurig. Langsam erhebt sie sich und geht weiter. Aber von den Schönheiten der Stadt nimmt sie nicht mehr viel wahr. Sie wählt den kürzesten Weg zum Hafen. Der Abschied von Bornholm findet ein jähes Ende.

Der Bereitstellungsplatz auf dem Fährbahnhof hat sich gefüllt. Die Kinder vertreiben sich die Wartezeit mit allerlei Spielen, die Erwachsenen hängen den noch frischen Urlaubserinnerungen nach. Lena möchte nur noch eins. Sie möchte Ruhe und mit sich alleine sein. Die verbleibende Zeit bis zum Beladen der Fähre verbringt sie im Auto. Die Fragen: „Warum hat Paul sie so plötzlich verlassen?", „Was wollte er ihr noch sagen?" bestimmen ihre Gedanken. So glücklich Lena vor einer Woche auf die Insel gekommen war, so traurig verlässt sie sie wieder.

Auch die längste Wartezeit geht einmal zu Ende. Der rege Betrieb auf dem Bereitstellungsplatz reißt Lena aus ihren Gedanken. Nun muss sie sich auf das Beladen konzentrieren. Es dauert nicht lange und sie kann den „forever" in den Schiffsrumpf lenken. Unmittelbar an einer Treppe zu den Passagierdecks parkt sie das Auto. Sie hat nur noch einen Wunsch, so schnell es möglich ist, das Parkdeck zu verlas-

LEUCHTTURM VON DUEODDE

sen. Auf einen Platz in einen der Salons verzichtet sie. Sie geht an die Reling im Bugbereich der Fähre. Von hier aus kann sie das Beladen gut beobachten. Nach etwa einer halben Stunde ist das letzte Auto im Schiffsrumpf verschwunden. Nun können die Fahrradfahrer und Fußgänger an Bord. Dann ist die Fähre bereit, den Hafen zu verlassen. Die tonnenschwere Bugklappe schließt sich und die Motoren beginnen ihre Arbeit. Die Schiffbesatzung holt die Taue ein. Das Schiff dreht sich im Hafenbecken und schiebt sich vorbei an der Mole auf das Meer hinaus. Lena sieht sich um. Tränen des Abschieds gibt es hier und da und sie ist sich gewiss, dass einige Erst-Bornholmer sich bald zu den Alt-Bornholmern zählen werden. Für sie selbst gibt es nur die ernüchternde Erkenntnis, dass irgendwann jeder Urlaub zu Ende geht und dass es Dinge im Leben gibt, die endgültig Vergangenheit sind. Mit einem gedanklichen „Hav det godt Bornholm" verabschiedet sie sich von Rønne, dessen Silhouette langsam am Horizont verschwindet. Jetzt weiß sie es, dass es ist ein Abschied für eine lange Zeit sein wird. Für immer?

Während der Überfahrt bleibt Lena auf dem Außendeck. Es ist ein warmer Tag. Die Sonne scheint, keine Wolke ist am Himmel zu sehen, nur der Fahrtwind gibt ihr die Gewissheit, dass das Schiff in Richtung Rügen steuert. Die meisten Passagiere haben sich, in dem Moment als Bornholm sich am Horizont in der Unendlichkeit verliert, in die zahlreichen Salons zurückgezogen. Lena bleibt an der Reling stehen. Sie atmet die frische Luft, die Brise, die über das Meer streicht ein und lauscht dem eintönigen Stampfen der Motoren.

Sie möchte mit sich und dem Meer allein sein. Die drei Stunden Überfahrt vergehen schnell. Ein langer tiefer Ton der Schiffssirene kündigt die baldige Ankunft in Mukran an. Er reißt Lena aus ihren Gedanken. Gedanken an die Erlebnisse der letzten Woche, Gedanken an Paul, an die Schönheit der Insel, die sie vielleicht nie wieder besuchen wird. Es sind wehmütige Gedanken.

Als die Passagiere aufgefordert werden, sich zu ihren Fahrzeugen zu begeben, ist Lena eine der Ersten, die sich auf den Weg zu den Autodecks begibt. Man könnte denken, sie hat es eilig. Und irgendwie ist sie auch von einer inneren Unruhe erfasst. Das Anlegen und Entladen der Fähre verlaufen ohne bemerkenswerte Probleme. Lena steigt, nachdem sie wieder auf dem Festland ist, noch einmal aus, bringt den Fahrersitz in eine für sie bequeme Stellung und dann fährt sie, ohne unterwegs noch einmal anzuhalten, nach Hause.

Müde von der anstrengenden Fahrt erreicht sie am späten Nachmittag ihr Zuhause. Die Begrüßung mit Robert, der sie mit einigem Unbehagen entgegengesehen hat, verläuft sehr einförmig. Robert begrüßt Lena mit einem „Na wieder zu Hause?". Dabei klopft er ihr auf die Schulter. Das ist sein Willkommensgruß für sie. Keine Frage, ob sie sich gut erholt hat, ob sie gesund ist, oder ein „Schön, dass Du wieder zu Hause bist". Groß scheint sein Interesse an Lenas Rückkehr, Heimkehr nicht zu sein. Lena ist enttäuscht, aber auch wieder nicht. Was erwartet sie eigentlich an Zuneigung von Robert? Weiß sie doch um den Zustand ihres Zusammenlebens.

Am nächsten Tag kommen ihre Töchter und Enkel. Deren Begrüßung verläuft weitaus herzlicher als Roberts. Die Enkel freuen sich, dass Lena wieder zu Hause ist und als sie die kleinen Geschenke auspackt, avanciert sie zur besten Oma der Welt. Es dauert nicht lange und der Alltag hat Lena wieder fest im Griff. Der Alltag mit Robert, dem sie entrinnen möchte und der sie zu einer Entscheidung zwingen wird, belastet sie sehr. Wieder hat es, wie so oft in letzter Zeit, Streit zwischen Robert und ihr gegeben. Robert hat es vorgezogen, die Wohnung zu verlassen. Lena ist allein. Sie geht ins Wohnzimmer und blättert in einer Zeitschrift. Sie sucht, sie braucht Ablenkung zur häuslichen Misere. Aber auch beim Blättern in der Zeitschrift gelingt ihr das nicht.

Sie steht auf und geht zurück in die Küche. In der Abstellkammer liegt neben den überzähligen Blumentöpfen die Tüte mit dem Sand von Bornholm. Den schüttet sie auf einen Bogen Papier, verteilt ihn gleichmäßig und beginnt mit ihrem Finger in den Sand zu schreiben.

Lieber Paul,

ich weiß nicht, wo Du bist und was Du tust.
Meine Gefühle sagen mir, dass ich Dir diesen Brief
schreiben muss.
Wir haben uns in einer Zeit gefunden, als wir die ersten
Gefühle von Liebe erlebten und wir haben das auf unsere
Weise genossen.
Wir verlebten eine kurze, aber sehr intensive Zeit voller
Harmonie und Gleichklang miteinander. Wir waren
glücklich.
Aber nicht alle Menschen wollten dieses Glück mit uns
teilen.
Dieses nicht Akzeptieren unserer Liebe, aber auch die
Schönheit der Liebe, die wir beide erlebt haben, haben
mich verführt, nach einer anderen Liebe zu suchen.
Ich hatte gehofft sie in dieser Reinheit und Schönheit,
wie wir sie beide erlebt haben, zu finden.
Ich habe als Erste Deine Hand losgelassen.
Du hast, Du musstest die Deine zurückziehen.
Und Du hast sie nie wieder nach mir ausgestreckt.

Ich hatte Dich zutiefst gekränkt und musste Deine Abwendung von mir akzeptieren.
Einige Zeit später wollte ich mich bei Dir entschuldigen. Wenn ich Dich schon nicht mehr lieben durfte, so wollte ich doch wenigstens als Freundin an Deinem Leben teilhaben.
Das wurde mir verwehrt. Einige Zeit später habe ich es ein weiteres Mal versucht.
Ich wollte Dir sagen, dass ich Dich nicht vergessen habe. Ich wollte Dir sagen, wie wichtig Du noch immer in meinem Leben bist. Es durfte nicht sein.
Heute nun, wir sind im letzten Drittel unseres Lebens angekommen, schreibe ich Dir diesen Brief.
Es tut mir leid, wie ich, wir unsere Geschichte geschrieben haben oder haben schreiben lassen. Es tut mir unendlich leid, was geschehen ist. Es tut mir weh, Dich verletzt zu haben. Und es stimmt mich traurig, dass wir vielleicht beide unserer großen Liebe nachtrauern. Ich weiß, dass es Dinge im Leben gibt, die man nicht vergessen kann. Aber vielleicht verzeihen? Bitte versuche es. Ich wünsche Dir, dass Du die große Liebe gefunden hast, dass Du gesund bist und ein glückliches und erfülltes Leben führst. Ich bin die ewig Suchende geblieben.

Bitte verzeih mir! In Liebe Deine Lena

PS: Ich hoffe, dass eine leichte Brise diesen Brief zu Dir bringen wird.

Als Lena den Brief beendet hat, nimmt sie das Papier, öffnet das Fenster und legt den Brief auf die Fensterbank. Dann schließt sie das Fenster wieder und geht zurück ins Wohnzimmer. Der Windbrief an Paul hat ihr ihre Ruhe wiedergegeben. Sie nimmt eine Zeitung und beginnt zu lesen. Nun kann sie Roberts Rückkehr besser ertragen.

Wochen vergehen. Es ist Spätsommer. Noch immer hat Lena keine Entscheidung über ihre Zukunft getroffen. Aus der funktionierenden Wohngemeinschaft ist ein Leben nebeneinander geworden. In manchen Situationen beginnen sie sich in ihrem Streit gegenseitig wehzutun. Sie weiß, eine Entscheidung wird unumgänglich. Aber noch hat sie nicht die Kraft, das Gespräch mit Robert zu führen. Oft denkt sie an Bornholm, wo sie mit ihren Gedanken eng mit Paul verbunden war. Ob Paul den Windbrief erhalten hat? Ihre Sehnsucht nach ihm ist immer gegenwärtig. Sie muss diese Sehnsucht stillen. Auf ihre Art. Sie nimmt die weißrose Muschel in die Hand und beginnt zu schreiben.

Mein lieber Rotzig,

so habe ich Dich immer genannt. Ich habe es nicht vergessen, wie ich auch unser erstes Zusammensein nie vergessen konnte. Die Zeit mit Dir war die aufregendste und auch die schönste Zeit in meinem Leben. Ich habe Dich nie aus meinen Gedanken verloren, Du warst immer bei mir. Du warst auch in meinen

glücklichsten Momenten, als ich meine Töchter das erste Mal in meinen Armen hielt, bei mir. In diesem Augenblick des Glücks stellte ich mir jedes Mal die Frage:
Wie würde dieses Baby, meine Tochter, aussehen, wenn es ein Kind unserer großen Liebe wäre? Musste ich mich für diese Gedanken schämen? Ich habe sie bis heute als ein Geheimnis gehütet. Ich könnte es meinen Töchtern nicht erklären. Dir kann ich diese Gedanken offenbaren, Dir kann ich sie anvertrauen. Denn Du, nur Du, kannst und wirst sie verstehen.
Weißt Du noch, wie viele kleine Rotzige wir beide haben wollten? Fünf! Eine stattliche Zahl. Ich habe nur zwei Töchter. Für mehr hat die Liebe nicht gereicht.
Mein lieber großer und nun auch alter Rotzig, über vierzig Jahre habe ich Dich in meiner Nähe gespürt. Du hast mich auf meinem Weg stets begleitet. In allen wichtigen Momenten meines Lebens warst Du dabei. Wie gern hätte ich auch Deine Nähe gefühlt. Wie gern würde ich heute Deine Liebe noch einmal spüren.
Wie gern würde ich Dich noch einmal so lieben, wie beim ersten Mal. Meine Sehnsucht nach Dir ist groß. Ich möchte Dir tausend Briefe schreiben und in jedem würde tausend Mal stehen

Ich liebe Dich! Deine Lena

PS: Nur ein kräftiger Wind kann den Brief an die Stelle wehen, wo Du bist.

Lena legt die Muschel auf das Fensterbrett. Ihre Gedanken sind fast täglich und besonders nachts in ihren Träumen bei Paul. Und immer wieder stellt sie sich die eine Frage: Wird sie ihn jemals wiedersehen? Was wäre sie bereit dafür zu geben? Fast alles; als erstes fällt ihr ihre Beziehung mit Robert ein.

Lena und Robert sind an dem Punkt ihres gemeinsamen Lebens angekommen, wo eine Entscheidung über das „wie weiter" in ihrem Zusammenleben unausweichlich wird. Sie ist bereit, mit Robert über das Weiter in ihrer Beziehung zu reden. Sie weiß, dass sie Robert verlassen wird. Als sie ihm gegenüber sitzt, fühlt Lena sich stark. Sie spürt, dass Paul bei ihr ist. Als sie mit Robert über ihre „Nochehe" spricht, über die Gefühle, die noch übrig geblieben sind, über die Sinnlosigkeit ihrer Ehe und über alles das, was Lena schon seit Jahren in ihrem Leben mit Robert vermisst, Liebe und Zärtlichkeit, zeigt sich Robert überrascht. Aus seiner Sicht ist ihr Zusammenleben in Ordnung. Ja, dass sie sich nicht mehr so lieben, wie in ihren ersten gemeinsamen Jahren, gesteht er ein. Aber er ist der Meinung, dass sie ein harmonisches Leben miteinander führen. Dass es manchmal zu Streitereien kommt, ist für ihn nach so vielen Jahren normal.

Lena ist entsetzt über Roberts Ansichten. Hat er denn kein Verlangen nach Liebe und Zärtlichkeit? Sie fühlt sich plötzlich, in ihrer Absicht, Robert zu verlassen, unsicher. In Gedanken stellt sie sich die Frage: Darf man mit sechzig Jahren noch Sehnsucht und Verlangen nach körperlicher Liebe haben? Ihre Gedanken werden durch Pauls Stimme unterbrochen. „Liebe ist immer schön und begehrenswert, gleich wie alt man ist. Liebe gehört zum Leben wie die Luft zum Atmen. Lena, Du hast ein Recht auf Liebe. Hole sie Dir", flüstert er ihr ins Ohr. Sie möchte Paul um Rat fragen, aber der hat sie bereits wieder verlassen.

Ihr Entschluss, Robert zu verlassen, steht fest. Sie fühlt sich stark genug, um ihm zu sagen, dass es für sie keine gemeinsame Zukunft mehr geben wird. Seine Ansprüche an eine Partnerschaft stimmen sie traurig. Robert ist von Lenas Mitteilung, ihn zu verlassen, betroffen. Ohne richtig zu begreifen, was Lenas Entschluss, was eine Trennung für ihn bedeutet, ist er bereit, mit Lena über das Ende ihres Zusammenseins zu sprechen. Bis weit nach Mitternacht reden sie über ihre Trennung. Dabei geht es kaum um ihre Gefühle füreinander, es geht mehr um praktische Dinge. Lena, die sich schon länger gedanklich mit der Trennung von Robert auseinander gesetzt hat, unterbreitet ihm ihre Vorstellungen, wie es mit ihnen beiden weiter gehen soll. Sie wird die gemeinsame Wohnung verlassen. Lena möchte an einem anderen Ort neu beginnen. Ohne wirklich zu begreifen, was die Trennung für beide bedeutet, akzeptiert Robert alle ihre Vorstellungen. Dann fällt er in ein dumpfes vor sich hin brüten. Spät, es ist bereits früher Morgen, geht er, ohne weitere Worte über das geführte Gespräch zu verlieren, schlafen.

Lena hat sich an ihren Schreibtisch gesetzt, um einige Arbeiten, die sich nicht aufschieben lassen, zu erledigen. Sie ist bereits zur Tagesordnung übergegangen. Sie ist bereit, die neue Situation anzunehmen. Plötzlich hat sie das Gefühl, dass Paul sie in seine Arme nimmt. Mit einem tiefen Seufzer flüstert sie: „Ach, Paul ich werde eine Menge Kraft für den Neubeginn brauchen, aber ich werde es mit Deiner Hilfe schaffen. Wie werde ich Marie, Lilly und den Enkeln meine Entscheidung erklären? Ich muss ihnen sagen, wie eintönig und lieblos mein Leben mit Robert war und ist. Und ich werde ihnen von meiner großen Liebe, von Dir, erzählen." Dann geht auch sie schlafen.

Noch ahnen die Kinder nichts von ihrer Absicht, Robert zu verlassen. Aber sie weiß, dass sie mit ihren Töchtern darüber reden kann und sie ihre Entscheidung respektieren werden. Je mehr Lena über die Trennung nachdenkt, umso mehr ist sie von ihrem Entschluss überzeugt. Sie weiß, sie wird in der nächsten Zeit viel alleine sein, denn Paul existiert nur in ihren Gedanken. Er ist für Lena unauffindbar weit weg. Als sie sich wieder ihrem Schreibkram zuwendet, entdeckt sie den Felsbrocken, den Stein von Hammerknuden. Sie nimmt ihn in die Hand und beginnt einen Brief auf ihm zu schreiben.

Mein lieber Paul, allerliebster Rotzig,

meine Sehnsucht nach Dir wird immer größer.
Wie heißt ein Sprichwort? Die Zeit heilt alle Wunden.
Das stimmt nicht. Die Zeit ist die Wunde.
Ich will und muss Dir in diesem Moment,
wo ich beginne, mein Leben neu zu ordnen,
noch einen Brief schreiben. Nur durch Deine Hilfe,

*Deine Kraft bin ich zu dieser Veränderung in der Lage.
Ich weiß, Du bist für mich unerreichbar und Du wirst es sicher auch bleiben. Aber der Wunsch, noch einmal in Deinen Armen zu liegen, noch einmal Deinen Atem in meinem Gesicht, noch einmal den Druck Deiner kräftigen und zugleich zärtlichen Hände zu spüren, hat mich nie verlassen. Es wird ewig mein Wunsch bleiben.
Ich möchte noch einmal an einem Morgen neben Dir aufwachen. Mein Körper möchte noch einmal Deine Liebe fühlen.
Wir haben nicht mehr viel Zeit. Es ist das Alter und nicht das alt sein.
Nie, zu keiner Zeit in meinem Leben habe ich aufgehört, Dich zu lieben und Du wirst auch den Rest meines Lebens bei mir sein. Du hattest immer einen Platz neben mir. Du hast mein Leben mitbestimmt. Und so wird es bis zu meinem Ende bleiben. Ich liebe Dich.
Es wird der letzte Brief sein, den ich an Dich schreibe. Lebe wohl und vergiss mich nicht.*

Deine Dich ewig liebende Lena

PS: Dieser Brief braucht eine starke Windböe, vielleicht einen Sturm, um zu Dir zu gelangen.

Als Lena den Brief beendet hat, steht sie auf und geht zur Terrassentür. Draußen ist es dunkel. Dicke Regenwolken und ein kräftiger Wind lassen vergessen, dass es erst Anfang September ist. Kein Stern ist am Himmel zu sehen. Der Himmel ist leer. So leer wie Lenas Gefühle für Robert. Sie legt den Stein auf den Terrassenboden und geht ins Zimmer zurück. Auch wenn sie ohne Paul ihren Neubeginn wagen wird, sie weiß, Paul wird in Gedanken immer bei ihr sein. Er wird ihr die Kraft für all die Veränderungen, die ihr neues Leben mit sich bringt, geben. Lena ist zufrieden. Die Tagträume mit Paul gaben ihr mehr Geborgenheit und Liebe als das Zusammenleben mit Robert. Und das wird auch künftig so sein.

Lena hat Robert verlassen. Ihr neues Zuhause ist weit weg von Robert. Für ihre Töchter und deren Familien kam ihre Trennung nicht unvorhergesehen. Sie hatten schon längst den tiefen Riss in der Beziehung ihrer Eltern bemerkt. Robert zeigt sich nach wie vor unbeeindruckt von der Trennung. Lena weiß nicht, ob er sich der Situation nicht bewusst ist oder ob er in der Art ihres Zusammenlebens die Vollkommenheit einer partnerschaftlichen Beziehung sieht. Denn zu Veränderungen in ihrer Ehe war er schon früher nicht bereit. Später hat Lena sich den Veränderungen entzogen. Es ist nicht einfach, nach so vielen gemeinsamen Jahren, einen Neuanfang zu wagen. Obwohl Lena die Trennung von Robert vollzogen hat, so fehlt er ihr doch in manchen Situationen. Nicht als Partner, eher als Mensch. Aber Lena ist voller Optimismus für ihr neues Leben. Viel Zeit hat die Einrichtung ihrer neuen Wohnung beansprucht. Nun ist fast alles perfekt, so wie sie es sich gewünscht hat. Es hat nicht lange gedauert und Lena hat auch einen neuen Lebensrhythmus gefunden. Was sie sich schon lange gewünscht hat, ist nun Wirklichkeit geworden. Sie verbringt mit den beiden Enkeln, Klara 16 Jahre und Tim sechs Jahre alt, viel Zeit. Auch für ihre Hobbys hat sie mehr Zeit und Muße. Sie muss sich nicht mehr für ihre Seidenmalerei rechtfertigen und kann, wann immer sie möchte, ihrem Hobby nachgehen.

Auf Bornholm hat sie die Rundkirchen skizziert, nun sind sie auf Seide gemalt. Die Seidenmalerei erfordert volle Konzentration, denn der feine Stoff muss mit gebührendem Respekt behandelt werden. Die Bilder haben in ihrer neuen Wohnung einen Platz im Flur gefunden.

Obwohl ihr Tagesablauf ausgefüllt ist, bleibt immer noch genügend Zeit, an Paul zu denken, denn Paul kann nun immer bei ihr sein. Sie kann, wann immer sie möchte, mit ihm reden, ihn fragen oder einfach nur spüren. Ihr größter Wunsch, ihn noch einmal in ihrem Leben zu begegnen, ist geblieben. Wird er sich je erfüllen?

Es sind mehrere Jahre vergangen. Lena führt ein ruhiges, fast glückliches Leben. Regelmäßig joggt sie und geht in die Sauna. Mit Freunden sind die „Küchen-Koch-Runden" von früher wieder aufgelebt. Und sie verbringt viel Zeit mit ihren Kindern und Enkeln. Aber ein Wunsch ist geblieben, der Wunsch, Paul wiederzusehen.

Mit ihrer umfangreichen Korrespondenz hat Lena Kontakt zu vielen Menschen, Freunden. Zu ihrer Tante, eine ihrer letzten noch lebenden Verwandten, hat sie eine sehr innige Beziehung. Es ist die Tante, die vor langer Zeit Pauls Bekanntschaft gemacht hat, der Beginn Lenas erster großer Liebe. Ein Brief von dieser Tante sorgt bei Lena für Aufregung. In diesem Brief steht, dass sie Paul getroffen hat und er sie nach ihr, Lena, gefragt hat. Er wollte wissen, wie es ihr geht und ob sie noch manchmal ihre Tante besucht. Nachdem die Tante ihm alle Fragen beantwortet hat, bat Paul um ein Treffen, wenn Lena sie wieder einmal besucht; im Brief auch Pauls Telefonnummer. Lena hält den Brief in der Hand. Sie kann es kaum fassen, ihre Hände zittern. Vor Aufregung ist ihr schwindlig. Paul hat sie also auch nicht vergessen. Natürlich möchte sie ihn wiedersehen. Hat sie sich doch nichts mehr in ihrem Leben gewünscht. Dieser Wunsch, an dessen Erfüllung sie kaum noch geglaubt hat, könnte wahr werden. Sie hält Pauls Telefonnummer in der Hand. Nun liegt es an ihr, dem Schicksal einen Stups zu geben, nein einen kräftigen Stoß zu versetzen. Sie plant kurzfristig eine Reise zu ihrer Tante. Sie möchte das Wiedersehen mit Paul, auf das sie so lange gewartet hat, nicht hinausschieben. Aber vorher muss sie Paul anrufen und ein Treffen, sie nennt es schon jetzt ein Wiedersehen, zu vereinbaren. Tagelang geht sie zum Telefon, nimmt den Hörer auf, um ihn gleich darauf wieder aufzulegen. Sie hat Respekt, vielleicht auch Angst, vor dem Anruf. Was wird sie Paul sagen, was wird er ihr zu sagen haben? Lena kann sich kaum noch beherrschen. Sie muss ihre Gefühle und Gedanken wieder unter Kontrolle bringen, sie aufschreiben. Das tut sie immer, wenn sie glaubt, dass Probleme ihr entgleiten. Mit wenigen Zeilen beschreibt sie ihr Leben mit Paul und den Wunsch, ihn wieder zu sehen.

Elf Ziffern – ein Code in die Vergangenheit.
Mein Herz klopft und meine Hand zittert.
Erinnerungen – zarte Gefühle, erste Liebe,
erstes Glück – chancenlos.
Die Zeit kann nichts verdrängen,
Die Sehnsucht nach dem Unerreichbaren bleibt.
Die Vernunft hält sie Zügel der Seele in der Hand.
Letzte Gelegenheit, sich zu bekennen!
Die Zeit ist reif.
Es fällt schwer, die Tasten zu drücken.
Es gibt kein Zurück – ich will es!

Nun ist Lena bereit, Paul anzurufen. Entschlossen nimmt sie den Hörer aus der Netzstation, drückt die Ziffern und wartet auf die Verbindung. Es dauert eine gefühlte Ewigkeit, bis sich ein Gesprächspartner am anderen Ende der Leitung meldet. Dann ein kurzes Knacken und eine Stimme ist zu hören. Lena erkennt sie sofort. Es ist Paul.

Paul scheint von Lenas Anruf überrascht zu sein. Das Gespräch, das beide führen, entbehrt eines gewissen Sinns. Sie sind beide zu aufgeregt, zu erregt, als dass sie ihre Gedanken ordnen könnten. Lena möchte ihm am liebsten sagen, wie sehr er in ihrem Leben gegenwärtig war und ist. Dass sie nie aufgehört hat, ihn zu lieben. Doch sowohl Paul als auch Lena fehlen die passenden Worte für ein längeres Gespräch. Mehr als eine Verabredung zu einem Treffen bei ihrem nächsten Besuch ihrer Tante kommt nicht zu Stande. Viele Fragen bleiben unbeantwortet, denn es fehlt ihnen im Moment die Sachlichkeit. Die Emotionen überwiegen. Und so dauert das Gespräch nur wenige Minuten. Als der Hörer wieder im Netzteil liegt, atmet Lena tief durch. Sie möchte sich kneifen. War das einer ihrer Tagträume oder war es Wirklichkeit? Es ist Wirklichkeit. Die wenigen Minuten, die sie miteinander gesprochen haben, verwischen alle Tagträume. Pauls Stimme gehört, mit ihm gesprochen zu haben, macht sie glücklich. Sie ist der Erfüllung ihres Lebenstraumes sehr nahe.

Lena kann den Tag, an dem sie ihre Tante besuchen wird, kaum erwarten. Wie ein Teenager fiebert sie dem Treffen mit Paul entgegen; ungewiss wie es ausgehen wird. Immer die Fragen im Kopf: Was haben wir uns noch zu sagen? Haben wir noch Gefühle füreinander? Wie lebt Paul?

Mit Arbeit versucht Lena sich abzulenken und die Zeit bis zu ihrer Reise zu überbrücken. In dieser Zeit entstehen einige Seidenbilder mit Bornholm-Motiven. Sie heben sich in ihrem Ausdruck wesentlich von den Bildern der vier Rundkirchen ab. Emotionen können sich auf vielfältige Weise Ausdruck verschaffen.

Dann endlich der Tag der Reise.

Lena ist wie immer sehr pünktlich. Das führte in der Zeit, als sie noch mit Robert zusammen war, oft zu Auseinandersetzungen. Denn nichts hasst Lena mehr als Unpünktlichkeit. Heute ist sie nicht nur pünktlich, heute ist sie zu früh, viel zu früh. Die Betriebsamkeit auf dem Bahnhof, die ankommenden und abfahrenden Reisenden sind eine willkommene Ablenkung für sie, denn sie kann ihre Aufregung nicht leugnen. Endlich wird der Zug angesagt, der sie zu Paul bringen wird. Die Menschen auf dem Bahnsteig werden unruhig, nehmen ihr Gepäck und suchen mit den Augen den einfahrenden Zug. Als der Zug am Bahnsteig hält, ist die Aufregung bei Lena verschwunden. Zumindest nach außen hin wirkt sie ruhig. Ihren Platz im Wagen hat sie schnell gefunden. Bewusst hat sie einen Platz in einem Großraumwagen gewählt. Nur nicht in einem Abteil mit sechs Plätzen reisen. Die Erinnerungen an die Zugfahrten mit Paul, als sie gemeinsam zwischen ihrem Wohn- und Studienort pendelten, wären zu groß.

Viele Gedanken gehen Lena durch den Kopf. Im Wagen sind nur wenige Plätze belegt. Die mitfahrenden Fahrgäste sorgen für Ablenkung. Das quengelnde Kind, das seiner

Mutter höchste Aufmerksamkeit abverlangt und die beiden Verliebten, die Lena und den anderen Mitreisenden ihr volles Kuschelprogramm bieten, lassen nun auch Lena von früher träumen. Da sind sie wieder, die Gedanken an Paul.

Sie sitzen beide in einem Eisenbahnabteil. Der Zug ist voll besetzt. Pauls Schnelligkeit ist es zu verdanken, dass sie beide einen Sitzplatz haben und auch noch nebeneinander. Sie fahren nach einen Wochenendbesuch bei ihren Familien zurück an ihren Studienort. Wieder ein Wochenende, an denen sie sich nicht lieben konnten. Keine ihrer Familien hatte Einsehen mit ihnen und gestattete ihnen eine gemeinsame Nacht. Die beiden Sitzplätze nebeneinander bringen sie in eine „gefährliche" Nähe. Sie kuscheln sich so dicht wie es nur irgendwie geht aneinander. Unter ihren Mänteln, mit denen sie sich zugedeckt haben, tasten ihre Hände nach dem anderen. Sie wollen sich spüren, sich fühlen. Lena überlegt. Warum sieht keiner in unseren Familien, dass wir uns lieben wollen, dass wir uns brauchen? Haben unsere Eltern nie geliebt? Ist es so unmoralisch, dass zwei, die sich lieben, auch zusammen sein möchten? Paul scheint ähnliche Gedanken zu haben. Und so sitzen sie nun in dem engen Zugabteil zwischen den anderen Mitreisenden und versuchen, ein wenig ihr körperliches Verlangen zu stillen. Ihre Hände verfangen sich im Körper des anderen. Sie streicheln sich abgeschirmt durch ihre Mäntel von den Blicken der Mitreisenden.

Ein Halt des Zuges reißt Lena aus ihren Gedanken. Das Pärchen, das ihr schräg gegenüber sitzt, geniert sich wenig, öffentlich seine Gefühle zu zeigen. Ihr körperlicher Kontakt verrät ein großes Verlangen mit dem anderen eins zu sein. Lena kann sie verstehen.

Nach etwas über drei Stunden hat Lena ihr Reiseziel erreicht. Der Empfang durch ihre Tante ist wie immer sehr herzlich. Sie haben sich längere Zeit nicht gesehen. Es gibt eine Menge zu erzählen. Lena ist nicht so recht bei der Sache. In ihrem Kopf hat sie nur einen Gedanken. Morgen werde ich Paul nach über vierzig Jahren wiedersehen. Dennoch versucht sie, sich die Aufregung nicht anmerken zu lassen. Sie möchte ihre Tante nicht enttäuschen. Der Abend verläuft mit dem Austausch von Neuigkeiten. Lena berichtet über ihre Töchter und die Enkel und auch seitens der Tante gibt es Neues zu erzählen. Als die „Bettzeit" angekündigt wird ist Lena froh, dass der Abend einen Abschluss findet. Noch eine Nacht schlafen und dann wird sie Paul gegenüber stehen. Sie liebt ihre Tante, aber ihr Besuch hat dieses Mal einen anderen Grund; sie möge es ihr verzeihen.

Auch die längste Wartezeit auf ein Wiedersehen hat ein Ende. Wie verabredet, pünktlich zehn Uhr, klingelt es. Gleich wird das geschehen, worauf Lena so viele Jahre gehofft und gewartet hat. Sie wird Paul gegenüber stehen. Aber auch die Frage, wie das Wiedersehen verlaufen wird, kreist in ihrem Kopf. Beherzt öffnet sie die Tür und steht unmittelbar vor Paul. Beide sehen sich in die Augen. Lena begrüßt ihn mit einem Kuss auf die linke und rechte Wange. Paul umarmt sie und drückt sie an sich. Mit fast erstickender Stimme flüstert sie: „Viele Jahre gehofft, lange Jahre gewartet und jetzt endlich wahr ..." Weiter kommt sie nicht. Sie kann ihre Gefühle kaum im Zaum halten. Beide sehen sich an und beide haben das Gefühl, dass nicht mehr als vierzig Jahre seit ihrem letzten Zusammensein vergangen sind. Sie haben das Gefühl, als hätten sie sich nur für kurze Zeit aus den Augen verloren. Natürlich sind beide älter geworden. Doch ihre Aura ist noch die gleiche wie vor vielen Jahren. Aber es liegt ein Leben zwischen damals und heute und doch spüren sie, dass sie sich einander nicht fremd geworden sind. Sie spüren eine große Vertrautheit.

Paul schlägt Lena einen Waldspaziergang vor. Sie kann nur zustimmen. Wohin sie gehen, was sie tun, für Lena ist es unwichtig. Für sie zählt nur das Zusammensein mit Paul. Sie gehen den Weg zur alten Burg vor. Diesen Weg sind sie früher oft gemeinsam gegangen. Ist es Zufall oder Absicht von Paul? Schon nach wenigen Schritten ermuntert er Lena, sich bei ihm einzuhaken. Es ist etwas Vertrautes zwischen ihnen, das ihnen alle Scheu nimmt über sich zu erzählen; Lena beginnt. In Kurzform schildert sie ihren Lebensweg. Sie erzählt von ihrer Familie, von ihren wunderbaren Töchtern und Enkeln, von ihrem beruflichen Leben. Sie quillt über und möchte Paul alles aus ihrem Leben erzählen. Nur über ihre unerfüllte Liebe spricht sie nicht. Auch Paul erzählt aus seinem Leben, seiner Familie, seinen Kindern. Nicht so euphorisch wie Lena. Aber er hatte schon immer den Hang, sich zurückzuhalten. Bescheidene Zurückhaltung wäre positiv, aber Pauls Zurückhaltung war oft devot und das scheint sich bis heute nicht geändert zu haben. Sofort fällt Lena wieder die Dominanz seiner Mutter ein.

Die wichtigsten Stationen ihrer beider Leben sind erzählt, als sie an dem steilen Berg, der zur Burg führt, ankommen. Lena ist Paul einen Schritt voraus. Er geht dicht hinter ihr. Als sie einen Blick auf die Stadt im Tal erhaschen will und sie sich kurz umdreht, nimmt Paul sie in seine Arme und drückt sie fest an sich. Ein langer Kuss folgt.

Lena spürt nur Glück. Nach einer gefühlten unendlich langen Zeit lösen sie sich aus ihrer Umarmung. Ihre Hände halten sich fest, sie strecken die Arme aus und schauen sich lange, sehr lange an. Zuerst in die Augen, dann in das Gesicht und dann den Rest. Obwohl sie beide die Jahresmarke sechzig überschritten haben, sind sie voller Energie. Sie tragen noch eine Menge Gefühle füreinander in sich. Lena stellt fest, dass sich Paul seine Schlankheit bis auf ein kleines Bäuchlein erhalten hat. Auch Lena kann sich mit ihrem Aussehen durchaus noch mit etwas jüngeren Artgenossinnen messen. Ein paar kleine Speckfältchen an verdeckten Stellen, ein paar Lachfältchen im Gesicht weisen auf ein etwas reiferes Alter hin. Was beide sich erhalten haben sind ihre munteren und fröhlich blickenden Augen; Lena in blau und Paul in braun. Nach dem ersten Kuss, der ersten Umarmung nach fast einem halben Jahrhundert, setzen sie ihren Weg zur Burg fort. Mit Leichtigkeit steigen sie den steilen Berg hinauf. Am Wegrand steht eine Bank. Sie ist ihr Ziel. Sie haben sich noch so viel zu erzählen, zu fragen. Und so sprechen sie über das, was ihnen gerade einfällt, über Familie, über Beruf und vieles andere. Oft sind sie gleicher Meinung.

Seit ihrem ersten Kuss haben sich ihre Hände wiedergefunden und sie werden sich an diesem Tag nicht mehr loslassen. Während dieser Unterhaltung erwägen sie zum ersten Mal sich vorzustellen, wie ihr gemeinsames Leben hätte sein können. Hätte ihre Liebe für eine lange Zeit eine Chance gehabt? Beantworten tun sie diese Frage nicht. Aber bei dieser Frage bricht bei Lena eine alte Wunde auf, die Ablehnung durch Pauls Mutter. Sie erzählt Paul davon. Er stimmt ihr teilweise zu. Doch sie können über die Vergangenheit reden so lange sie wollen, sie hat Tatsachen geschaffen. Paul ist verheiratet, hat drei Kinder. Lena war verheiratet, hat zwei Kinder. Halt, er hat drei Kinder und Lena zwei. Wollten sie beide nicht fünf Kinder haben? Die Erinnerung an die gemeinsame Familienplanung vor vielen Jahren tut Lena weh. Aber diesen heutigen Tag wollen beide auf ihre Art erleben. Sie fühlen, dass sie noch so vieles verbindet. Sie wollen glücklich sein. Der weitere Weg zur Burg wird von Umarmungen und Küssen unterbrochen. Und wie ein Wunder, obwohl es ein sehr schöner warmer Sommertag ist, scheinen andere Besucher die Burg heute zu meiden. Ein Geschenk für Lena und Paul.

Jedes Treffen hat ein Ende und so müssen auch Lena und Paul wieder Abschied voneinander nehmen. Sie wollen sich nie mehr aus den Augen verlieren, das haben sie sich geschworen. Sie wollen das letzte Drittel ihres Lebens mit dem Wissen um den anderen verbringen.

Wissend, dass es nur ein Abschied für eine kurze Zeit sein wird, ist er doch für beide schmerzlich. Sie haben viele

Gemeinsamkeiten festgestellt. Sie haben ihre Gefühle füreinander und ihre Liebe wiederentdeckt. Aber sie leben jeder in einer anderen Welt und das macht das Abschiednehmen so schwer. Noch ein flüchtiger Kuss an der Haustür. Lena vermeidet es, sich noch einmal umzudrehen. Glück kann so wehtun. Dann müssen sich Lena und auch Paul wieder der Realität stellen.

Lenas Tante möchte wissen, wie die Begegnung mit Paul war. Lena erzählt nur wenig. Sie kann nicht. Ihre Tante ahnt, was in ihr vorgeht. Tröstend nimmt sie Lena in ihre Arme: „Lena genieße, was Du erlebt hast." Eine weise Frau. Die noch verbleibenden zwei Tage verbringt Lena mit Einkäufen und etwas Geselligkeit mit ihrer Tante. Dann kommt auch hier der Abschied. Lena verspricht, bald wiederzukommen. Und das „bald" erscheint auch ihrer Tante glaubwürdig.

Die Rückreise ist für Lena wie ein Traum. Ihr großer Wunsch, Paul wiederzusehen, ist in Erfüllung gegangen. Sie kann es noch immer nicht fassen. Sie hofft nur, dass es nicht wieder einer ihrer Tagträume war.

Eine Woche nach ihrer Rückkehr. Wie jeden Morgen geht sie nach dem Frühstück zum Briefkasten. Er ist gut gefüllt. Schon auf dem Weg zurück in die Wohnung, beginnt sie die Post zu sortieren. Da sind Rechnungen, über deren Erhalt sich ihre Freude in Grenzen hält. Einige Briefe und Karten sind von Freunden. Sie freut sich über die Neuigkeiten, die sie aus diesen Briefen und Karten erfährt. Und da ist noch ein Brief. Sie braucht den Absender nicht zu lesen. Die Handschrift verrät ihr, es ist ein Brief von Paul. Ihre Hände zittern, als sie überflüssigerweise den Absender überprüft. Ihr Herz klopft bis zum Hals. Hastig reißt sie den Umschlag auf. Sie muss sich konzentrieren, dass ihr die übrige Post nicht aus den Händen gleitet. Der Umschlag ist geöffnet. Sie entnimmt ihm ein gefaltetes weißes Blatt Papier. Man kann das Geschriebene nicht sofort lesen. Lena muss den Bogen auseinanderfalten. Dann kann sie lesen, was Paul ihr geschrieben hat:

Es war für mich der schönste Tag in diesem Jahr

Enttäuscht von mir? Schade!
Nur eine Lebensepisode?
Aber in mir bleibt, was über 40 Jahre
von mir versucht wurde, zu negieren.
Lass doch einfach mal von Dir hören!
D ... Paul

Immer wieder liest Lena diese Zeilen. Sie kann die Tränen nicht mehr zurückhalten. Es sind Tränen der Freude über das so herzliche und liebe Wiedersehen, aber auch Tränen über ein mögliches verpasstes gemeinsames Leben.

Für die übrige Post hat Lena kaum Interesse. Wieder und wieder liest sie Pauls Zeilen. Sie kann nicht genug davon bekommen. Eins weiß sie und da ist sie sich ganz sicher. Paul wird schon bald Post von ihr erhalten. Ihre Liebe, die sie bei ihrem Wiedersehen neu geweckt haben, ist durstig nach mehr!

MAU WINTER
1/2 HUNDERT MOMENTE

50 feine Kurzgeschichten

Beobachtungen, Erlebnisse, Gefühle und Gedanken –
festgehalten in 50 feinen Kurzgeschichten.
Nachdenklich . besinnlich . komisch

ISBN 9783842376014

MAU WINTER
JEDER MOMENT HAT SEINE GESCHICHTE

50 neue Kurzgeschichten

Erinnerungen, Erlebnisse und Wünsche für einen
Moment festgehalten, dass sie uns nachdenklich stimmen,
neugierig machen und zum Schnunzeln bringen.

ISBN 9783732292172

MAU WINTER
BUCHSTABENSUPPE

Julius kann noch nicht richtig schreiben. Da helfen ihm die Buchstaben in der Suppe und zeigen ihm, wie einfach es ist, zu buchstabieren und Wörter zu schreiben. Mit ABC-Buch für Deine Lieblingswörter und mit Ausmalbuchstaben.

Hardcover: ISBN 9783848217830
Paperback: ISBN 9783848217779

Impressum

© by Mau Winter 2014
Neuauflage

Herstellung und Verlag:
BoD - Books on Demand, Norderstedt
Seidenmalerei: Monika Gadau
Design & Satz: www.corporate-new.de

ISBN 9783735758446